배려를
가르치는 선생님

배려를 가르치는 선생님

발행일	2017년 9월 27일		
지은이	곤 도 사		
펴낸이	손 형 국		
펴낸곳	(주)북랩		
편집인	선일영	편집	이종무, 권혁신, 송재병, 최예은
디자인	이현수, 김민하, 이정아, 한수희	제작	박기성, 황동현, 구성우
마케팅	김회란, 박진관, 김한결		
출판등록	2004. 12. 1(제2012-000051호)		
주소	서울시 금천구 가산디지털 1로 168, 우림라이온스밸리 B동 B113, 114호		
홈페이지	www.book.co.kr		
전화번호	(02)2026-5777	팩스	(02)2026-5747

ISBN 979-11-5987-801-5 03810 (종이책) 979-11-5987-802-2 05810 (전자책)

이 도서의 국립중앙도서관 출판예정도서목록(CIP)은 서지정보유통지원시스템 홈페이지(http://seoji.nl.go.kr)와
국가자료공동목록시스템(http://www.nl.go.kr/kolisnet)에서 이용하실 수 있습니다.
(CIP제어번호 : CIP2017024867)

"나 는 아 이 들 의 순 수 함 에 투 자 하 는 바 보 입 니 다"

배려를
가르치는 선생님

곤도사 지음

북랩 book Lab

프롤로그

안데르센의 동화 '성냥팔이 소녀'로 수업을 준비했다. 그다지 어려운 내용은 아니다. 첫 수업치고는 무난한 수업을 예상했다. 우리는 각자의 책과 노트와 필기도구를 꺼내 책상 앞에 마주 앉았다. 내가 밝게 웃으며 인사를 건네자 아이가 씽긋 웃는다. 사전에 이미 이름을 알고 있었지만, 대화를 유도하기 위해 이름을 물었다. 이번에도 그냥 웃는다. 대답은 없어도 잘 웃는 아이라고 생각했다. 나는 노트에 있는 질문을 읽어주었다. 그런데 아이가 집중하지 못하는 느낌을 받았다. 읽던 것을 멈추고 아이에게로 시선을 옮겼다. 아이는 또다시 내 얼굴을 바라봤다. 노트를 보고 있어야 할 아이가 나를 바라보고 있었다. 나는 의아한 표정을 지으며 물었다.

"왜? 책이 재미없어?"

"…"

아이는 대답하지 않았다. 입술을 굳게 다문 채 오로지 내 눈만 뚫어지게 바라봤다. 나는 허리를 편 자세로 미소 지으며 말했다.

"아, 선생님한테 할 말이 있나 보구나? 맞지?"

"…"

아이는 대답하지 않았다. 머리를 좌우로 흔들었을 뿐. 단 한 번 '씨익' 웃은 후에도 시선을 거두지 않는다. 그 눈은 오로지 나를 향하고 있을 뿐이다. 당황할 수밖에 없었다. 그러나 난 곧 정신을 차리고 말을 건넸다.

"책은 읽었니?"

이 수업은 아이가 미리 책을 읽어와야지만 가능하다. 미리 읽어온 책으로 노트에 있는 질문과 대화를 통해 글까지 쓰는 수업이기 때문이다. 그래서 수업을 하기 위해서는 반드시 책을 읽어와야만 한다. 그래야만 대화도 가능하다. 나는 아이가 책을 읽어오지 않았을 것이라고 생각했다. 그렇게 짐작했다. 책을 읽지 않은 아이들에게서 나타나는 현상이라고 판단했다. 책을 읽어오지 않았을 경우, 대부분의 아이들은 지금과 같이 수업 진행 자체가 어렵다.

아이가 머리를 끄덕인다. 책은 읽었다는 뜻이다. 내 예상이 빗나간 걸까? 아니면 아이가 거짓말을 하는 것일까? 책은 읽었지만, 수업은 하기 싫은 것일 수도 있다. 아니, 어쩌면 책을 건성으로 읽어서 내용을 기억하지 못하는 것일지도 모른다. 여하튼 아이는 책을 읽었다고 했다. 책을 읽었다는 아이에게 책을 읽지 않았다며 닦달할 수는 없는 일이다. 그렇다면 내가 할 수 있는 질문은 하나.

"아, 책은 읽었구나? 재밌었어?"

"…"

아이가 머리를 끄덕인다. 아무런 대답도 없이 그저 머리만 끄덕인다. 굳게 다문 입술은 여전하다.

"이상하다? 책을 읽었다면 이 문제를 풀지 못할 리가 없는데? 다시 한 번 문제를 같이 풀어볼까?"

아이가 볼 수 있도록 노트를 거꾸로 펼치고 손가락으로 글자를 가리켰다. 아이는 노트를 잠시 동안 바라보고는 이내 시선을 거둔다. 그러고는 다시 내게로 시선을 옮긴다. 아이의 표정이 썩 좋아 보이지 않았다. 기분이 나쁜 것이다. 나는 순간적으로 아이의 오른손을 바라봤다. 연필이 쥐어져 있다. 그런데 이상하다. 모양이 이상하다. 뾰족한 부분이 위를 향하고 있었다. 나는 그제야 몸을 뒤로 옮기며 아이의 모습을 살폈다. 그렇다. 아이는 연필을 거꾸로 쥔 채 나를 위협하는 자세를 취하고 있었다. 아이가 날 적대시하는 것처럼 보인다. 마치 그 연필로 나를 찌를 것만 같은 자세다.

　누군가가 나를 미워하는 것은 있을 수 있는 일이다. 살다 보면 내 노력과는 상관없이 적이 생기기도 하니까. 하지만 이번의 경우는 다르다. 내가 가르치는 아이가, 더구나 첫 만남에서 나를 미워한다고 생각하니 그렇게 놀랍고 당혹스러울 수가 없다. 순간 내 마음이 무너지고 말았다. 억울했다. 나에게만 자꾸 왜 이런 일들이 생기는지. 나도 모르게 울먹이는 목소리가 튀어나오고 말았다.

　"도대체 너까지 왜 이래? 그렇지 않아도 힘든데."

차 례

제 1 장

어머니의 선생님

영업사원? 선생님!

서둘러 옷을 갈아입었다. 서울의 북쪽 끝자락에 있는 도봉동에서 광화문에 있는 회사까지 출근하려면 매일 아침 이렇게 바쁘다. 그 사이 어머니의 목소리가 들린다.

"엄마, 먼저 간다."

어머니 또한 아들 못지않게 바쁘시다. 버스 회사에서 청소를 하고 계시기 때문이다. 대한민국 버스의 청결 상태가 좋은 건 우리 어머니와 같은 분들이 있어서다. 어머니가 허겁지겁 현관문을 나서자 곧 문 닫히는 소리가 울려 퍼진다. 우리 집 두 사람의 일상은 늘 이렇게 시작한다.

출근할 때는 대중교통이 편하다. 가끔씩 자가용을 이용하기도 하지만 그 시간대에 놓인 도로는 전쟁을 방불케 한다. 그만큼 도로가 막힌다. 때로는 차를 버리고 회사까지 뛰어가면 좋겠다는 생각을 할 정도로 교통체증이 매우 심각하다. 만약에 전쟁이라도 터진다면 피난길에 오른 사람들이 도로 위에서 출근길을 떠올리게 될 것이라 믿어 의심치 않는다. 그에 비하면 대중교통이 편할 수밖에 없다. 버스는 전용도로가 있어서 빠르게 이동하고, 지하철은 정해진 시간마다 꼬박꼬박 역을 오간다. 그중에서도 내가 애용하는 수단은 지하철이다. 특별한 이유가 없는 한, 제 시간에 목적지까지 도착하는 지하철이 내 성격에도 잘 맞는다.

나는 오늘도 지하철을 이용해 출근한다. 요란한 벨 소리와 함께 지하철이 정차하고, 지하철을 타려는 사람들이 좁은 공간에 몸을 욱여넣으며 불편을 감수한다. 옆 사람의 몸이 나의 몸에 닿고, 누군가의 가방이 내 얼굴을 스친다. 때로는 낯선 이의 뜨거운 숨결이 피부에 느껴지기도 한다. 답답하다. 숨을 내쉬는 것조차 힘겹다. 사람들이 지하철을 '지옥철'이라고 부르는 이유를 알 것만 같다. 어쩌면 자동차 도로가 막히는 이유도, 대중교통을 이용하며 몸이 불편한 이유도 모두 '대한민국에 사람이 많아서는 아닐까'라는 생각을 하게 된다.

지하철이 역을 정차할 때마다 공간은 비좁아진다. 내리는 사람은 적고 타는 사람은 많아서다. 몇 개의 역을 더 지난 후에야 그 많던 사람들이 줄어들기 시작한다. 옆 사람과의 간격도 조금은 넓어졌다. 겨우 한숨을 돌리게 된다. 그렇게 몸과 마음에 여유가 생겼을쯤 그녀가 나타났다.

지하철 문이 열리고 그녀가 들어오는데 또다시 숨이 멎는 것 같았다. 겨우 찾은 마음의 여유도 다시금 사라지고 말았다. 아까처럼 사람들 사이에서 부대끼던 불편함과는 또 다른 불편함이 찾아왔다. 그녀는 긴 생머리를 좌우로 흔들며 우아한 걸음으로 내 앞에 섰다. 그리고 턱을 치켜 올린 채로 손을 들어 뒷머리를 쓸어 올리는데, 거만함과 도도함이 손목을 타고 흘러내리는 것 같았다. 나는 그녀의 손짓 한 번에 마음이 요동치는 것을 느낀다. 단아한 민소매 원피스 사이로 비치는 젊은 처자의 구릿빛 살결은 순진한 노총각의 마음을 빼앗기에 충분했다. 그녀도 나의 넋 나간 표정을 본 것일까? 그녀는 마치 자신의 모습을 더 지켜보라는 듯, 슬로우 모션으로 돌아서더니 지하철 창을 거울삼아 자신의 옷매무시를 고친다. 나는 그녀의 그런 모습조차 아름다워 보였다.

그녀는 자신의 모습에 심취했다. 주변에서 자신을 바라보고 있다는 사실도 중요하게 여기는 것 같지 않다. 아니, 어쩌면 그 시선조차 즐기는 것인지도 모르겠다. 그녀는 약간의 물기로 젖어 있는 머리카락이 마음에 들지 않는 듯 인상을 찌푸렸다. 그리고 또다시 턱을 올린 채 머리를 좌우로 흔들었다. 그녀의 등 뒤로 흘러내린 머리카락은 봄날의 아지랑이처럼, 그것은 곧 나의 마음처럼 찰랑거렸다. 살랑거리는 머리카락 사이로 보이는 그녀의 뒷모습이 야릇하게 느껴진다. 그때다. 그녀가 갑자기 머리를 확! 돌리는 순간, 내가 지켜보고 있던 머리카락이 눈앞에서 사라지는 것이 아닌가? 놀란 것도 잠시, 다시 나타난 그녀의 머리카락은 이내 빠른 속력으로 날아들어 내 얼굴을 후려쳤다.

철썩!

물기가 남은 그녀의 머리카락은 채찍이나 다름없었다. 그 채찍으로 따귀를 맞은 나는 어안이 벙벙할 수밖에. 무슨 일이 벌어진 걸까? 내가 무얼 잘못한 것일까? 훔쳐본 것을 들킨 것이라면 그럴 수도 있겠다는 생각을 했다. 하지만 그렇지 않았다. 나는 들키지 않았다. 오히려 그녀는 나를 전혀 의식하지 않고 있었다. 내가 그토록 존재감이 없는 사람인 줄 그제야 깨달았다. 그녀는 자신의 머리카락을 손에 쥔 채 지하철 창에 비친 자신의 모습을 바라봤다. 단지 머리카락을 한 방향으로 모으기 위해 머리를 돌렸을 뿐, 원심력을 받은 머리카락이 채찍이되어 다른 이의 뺨을 후려칠 것이라고는 전혀 예상하지 못한 표정이다.

그녀의 단장은 계속됐다. 심지어 화장품까지 꺼내 화장을 고치기 시작한다. 나는 그저 멍하니 서 있는 병풍이나 다름없었다. 나는 다시 그녀를 주시했다. 그녀는 진정 나의 존재를 모르고 있었다. 너무나도 천진난만하게 본인의 할 일을 이어갔다. 지하철에서, 사람들로 북적이는 공간에서 마치 자신의 방처럼 행동하는 그녀의 모습이 당혹스러웠다.

하고 싶은 말이 많았다. 사람이 어찌 그럴 수 있느냐고. 공공장소에서 아무렇지 않게 채찍을 휘두를 수 있느냐고. 내가 그녀를 훔쳐본 것에 대해 이리도 수치심을 느껴야 하는 거냐고. 하지만 말하지 못했다. 아무 말도 못 했다. 그녀를 훔쳐본 것에 대한 수치심이라고 생각하니 받아들일 수도 있을 것 같았다. 굳이 핑계를 대자면 이제 곧 지하철에서 내려야 했기 때문인지도 모른다. 나는 뺨을 어루만지며 지하철에서 내렸다. 그리고 의미를 알 수 없는 미소를 지었다.

피식!

"…나쁘지 않은데?"

나에게도 약간의 변태 기질이 있다는 것을 인정해야만 할 것 같다.

회사로 이동하는 중에도 '지하철 그녀'의 사건은 머릿속에서 잊히지 않는다. 그녀의 무심한 표정이 자꾸만 떠오른다. 그녀는 오로지 자신의 세계에만 빠져 있었다. 그것이 곧 다른 이에게 외도치 않은 피해를 주게 된 것도 모른 채 말이다. 내가 피해를 받았다고 생각하니 억울한 마음이 들었다. 이렇게 억울한 일을 당한 것이 처음은 아니다. 대중교통을 이용하다 보면 누군가의 실수로 발을 밟히거나 가방으로 얼굴을 맞는 등의 경우가 종종 있기 때문이다. 그중에 몇 명은 사과를 하기도 하고, 누군가는 눈이 마주쳤음에도 서로가 당황하거나 대수롭지 않다고 여겨 그냥 지나치기도 한다. 적어도 그들은 본인 이외에 '다른 이'가 같은 공간에 있다는 것을 의식하는 사람임에는 틀림없다. 하지만 그녀는 다르다. 지하철이라는 공공의 장소에서 '다른 이'를 전혀 의식하지 않았다. 공공의 지하철을 혼자 이용하는 것처럼 말이다. 마치 그녀는 이 사회에 홀로 존재하는 것처럼 보였다.

그녀를 비난할 생각은 없다. 오히려 그녀를 통해 '사회'라는 단어의 의미를 다시 한 번 돌이키게 되었으니까. 우리는 이 땅에 태어나는 순간 사회에 속하는 것을 피할 수 없다. 세상에 태어나서 부모님이라는 존재를 만나는 순간부터 이미 '가정'이라는 이름의 사회가 형성되는 것만 보더라도 그렇다. 부모의 도움 없이 혼자서 성장한 아이는 단 한 명도 없다. 사회의 도움 없이는 '나'라는 존재가 있을 수 없는 것이다.

사회라는 것은 곧 나 이외에 다른 존재와 마주하는 것을 의미한다. 그래서 사회에 속한 모든 이들은 자신 이외에 다른 이를 의식해야만 한다. 사회성이 발휘되는 공공의 장소에서는 조금 더 주의 깊고 조심스러운 행동을 해야만 하는 이유다.

　나 홀로 존재하는 세상이라면 그만큼 쓸쓸하고 외로운 삶이 또 있을까? 인간은 사회에 속해 있기 때문에 외롭지 않을 수 있고, 혼자서 할 수 있는 일보다 더 많은 일들을 이루어낼 수 있다. 어쩔 수 없이 속하게 된 사회가 인간에게 주는 선물이다. 그렇다. 그거면 된다. 나는 이 사회를 벗어날 수 없기에 '다른 이'를 생각하며 이 사회를 살아야겠다는 생각을 하게 되었다.

　회사에 도착한 나는 사무실 문을 열자마자 분위기가 평소와 다른 것을 느꼈다.

　"뭐야? 아침부터 분위기 왜 이래? 무슨 일 있어?"

　조용하다. 너무나 조용하다. 조용한 이 분위기가 너무나 어색하다. 자리로 이동하는 동안에도 침묵은 계속된다. 사무실에 있는 공기의 무게가 느껴질 정도로 중압감은 어마어마했다. 책상 밑에 숨은 의자를 끌어당기고 자리에 앉으려는데 실장님이 먼저 말을 건넨다.

　"곤 팀장, 나랑 이야기 좀 하자."

　실장님은 자리에서 일어났다. 그리고 사무실 밖으로 향했다. 그의 등 뒤로 어두운 그림자가 느껴지는 것은 기분 탓일까? 직원들과 눈이 마주친 나는 어깨를 한 번 들썩이고는 실장님의 뒤를 따라나섰다.

나는 출근하자마자 마시는 커피를 좋아한다. 특히 아이스 아메리카노는 내가 가장 즐겨 먹는 음료이기도 하다. 그 커피를 실장님이 사주신단다. 짠돌이 실장님이 커피를 사준다니 뭔가 큰일이 터졌구나 싶었다.

이 회사에 입사하기 전, 한창 영업 실력을 발휘하던 나는 오랜만에 실장님을 만나게 되었다. 실장님은 그전부터 알고 지내던 사이로, 어려운 상황에 놓인 회사를 살리겠다며 다른 회사에 다니던 나를 이곳으로 영입하려 했다. 실장님의 감정에 동화된 나는 실장님의 딱한 소식에 이 회사를 일으키고야 말겠다는 의지가 불타올라 두 주먹을 불끈 쥐었더랬다. 물론 실장님이 여러 가지 좋은 조건을 제시하며 나를 꼬드겼지만, 그 조건을 모두 들어주지 못할 것은 어느 정도 예상했다.

막상 입사해보니 회사의 상황은 실장님에게 들었던 것보다 훨씬 좋지 않았다. 자본이 없는 회사였던 것이다. 약속한 급여조차 제대로 받기 힘든 상황. 그래도 주어진 조건 아래 열심히 일하는 수밖에 없었다. 그야말로 자본이 전혀 없는 회사에서 수익을 만들어내기 위해 무던한 노력을 해왔다. 어쩌면 당연하게도, 날이 갈수록 사업은 좋아지지 않았다. 투자가 없으면 수익을 낼수 없는 플랫폼 때문이다. 결국, 그 문제가 터지고야 말았다. 사업부를 폐지하게 됐다는 소식을 듣게 된 것이다.

충격은 그리 크지 않았다. 드디어 올 것이 왔구나 싶었다. 지금의 자본주의 사회에서는 '무'에서 '유'를 창조하는 것이 불가능에 가깝다. 투자 없이 수익을 만들어낼 수 없다는 말이다. 만약 그것이 가능하다면 누군가의 피해를 담보로 하는 사기와 다름없다고 확신한다. '봉이 김선달'도 대동강 물을 팔기 위해 물장수들에게 엽전을 나누어 주며 투자하지 않았는가 말이다. 회사가 먼저 투자하고 노력하는 모습을 보이지 않는다면 거래처가 반응할 리 없다.

"결국 이렇게 됐네요."

나는 빨대를 입에 물고 실장님을 바라보며 말했다.

"정말 미안하게 됐어. 다른 회사에 잘 다니고 있던 너까지 이렇게 불렀는데…."

실장님은 연거푸 미안하다고 말했지만, 이것이 어찌 실장님만의 잘못이라고 말할 수 있겠는가? 나는 침몰하는 배에 몸을 던졌다. 물이 숭숭 들어오는 구멍을 별다른 자재도 없이 맨손으로 막으려 했다. 물론 상황이 이 정도일 줄 알았다면 애초에 이 배에 뛰어들지도 않았겠지만 말이다. 뭐, 어찌 됐든 최선을 다했다. 최선을 다했으니 미련도 없다.

"이제 어떡할 거야? 너 정도 영업력이면 내가 다른 회사에 일

자리를 알아봐 줄 수도 있는데."

"글쎄요, 생각 좀 해볼게요."

영업경력 12년. 흔히 말하는 '열정페이'로 어렵게 시작한 영업이 광고마케팅 분야에 이르러 꽃을 피우기까지는 수많은 실패와 노력이 필요했다. 그만큼 영업을 좋아했고 영업을 잘해왔다. 영업이 '천직'이라고까지 생각했다. 그런데 막상 지금의 상황에 놓이게 되니 앞으로 얼마나 더 이 일을 할 수 있을까라는 의구심이 들었다. 실장님이 알아봐 주겠다는 일자리도 영업직이 분명할 것이다. 실장님이 나를 인정하는 능력은 영업력일 테니까. 하지만 내 능력은 영업력이 전부가 아니다. 내가 할 수 있는 일은 다양하다. 얼마나 더 오래 할 수 있을지 모를 영업을 붙들고 있느니 늙어서도 인정받을 수 있는 직업에 종사하고 싶었다. 이왕이면 즐길 수 있는 일거리로.

구인 구직 사이트에는 인재를 구하는 회사와 회사를 찾는 인재들로 득실거렸다. 저마다 자신의 스펙을 자랑하며 뽐내는 것이 마치 유흥의 밤거리처럼 느껴진다. 현란한 빛이 쏟아지는 유흥의 밤거리. 사람들의 시선을 붙들기 위해 온갖 방법들이 난무하는 그곳. 더러는 유혹에 못 이겨 그곳을 찾기도 하고, 더러는 그곳을 찾기 위해 사람들이 모여드는 그 모양새가 구인 구직 사이트와 비슷하다는 생각이 들었다. 비록 인터넷 사이트지만 이 것도 '사회'다. 한국의 사회를 보여주는 축소판이 아닌가 싶다. 한국의 낮과 밤을 적나라하게 보여준다. 온라인상에서도 사람과 사람이 마주하는 '사회'가 존재하고 있음을 엿볼 수 있다.

불현듯 어떠한 글씨가 보인다. 수십 아니 수백, 수천에 이르는 구인광고 중에 유독 나의 눈에 들어오는 글이 있다.

'독서토론논술?'

독서는 책을 읽는 것이고, 토론은 사람들끼리 대화하는 것이고, 논술은 글을 쓰는 것일 테다. 그런데 이것들을 '하나'로 묶었으니 어떠한 형태의 직업을 말하는 것인지 참으로 궁금했다.

본래 나는 글쓰기를 좋아한다. 책은 많이 읽지도 않는데 유독 글을 쓰는 건 좋아한다. 직장에 다니면서도 퇴근 후에 꼬박꼬박 글을 써가며 몇 권의 책을 출간하기도 했다. 주변에서 나를 소설가로 알고 있는 사람도 많다. 작가라면 마땅히 통과해야 할 '등단'도 하지 못한 내가 작가로 불릴 땐 꽤나 흥분되고 기분이 좋았더랬다. 여기까지 생각하니 할 수 있을 것 같았다. 즐길수 있을 것 같았다. 이 일을 말이다. 독서토론논술. 그래서 지원하게 됐다. 그렇게 선생님이 되기로 결심했다.

"저는 소설가입니다."

면접을 볼 때는 반드시 그 업무에 필요한 스펙을 어필하는 것이 좋다.

"등단은 하셨나요?"

아차! 등단하지 않은 소설가라니. 역시 등단을 하지 않으면 작가로 인정받기 힘든 것일까? 본부장님의 질문에 당황하긴 했지만, 굳이 거짓말을 할 필요는 없다고 생각했다.

"아니요. 등단보다 중요한 건 실력이니까요. 어지간한 등단 작가보다 제가 더 글을 잘 쓴다고 생각합니다."

이렇게 뻔뻔하고 건방진 지원자가 세상에 또 있을까? 그러나 이것은 다년간 쌓아온 영업사원으로서의 경험이 있기에 가능한 언변이었다. 이 정도의 뻔뻔함과 자신감을 보였을 때 상대방은 '뭐지? 이 사람, 뭔가 있나?'라는 생각을 하게 된다. 그러나 이 자리는 영업사원을 뽑는 자리가 아니다. 이들이 원하는 사람은 '선생'이다.

"그럼, 아이들을 가르쳐 본 적은 있나요?"

이번에도 역시 망설이지 않았다. 면접을 볼 때는 자신이 있든 없든, 거침없는 태도를 보이는 것이 중요하다고 생각한다.

"네, 물론입니다. 중학생과 고등학생, 성인들까지 교육을 지도한 적이 있습니다."

"어떤 교육이었죠?"

"드럼이요."

"네? 뭐라고요?"

본부장님의 얼굴에 놀라운 기색이 역력하다. 나는 그녀가 제대로 듣지 못한 것 같아서 드럼 치는 흉내까지 내면서 큰 소리로 말했다.

"드럼을 전공해서 실용음악학사 학위까지 받았거든요."

본부장님은 내 눈을 뚫어지게 바라봤다. 잠시동안 침묵이 흐르자, 실로 부끄럽기까지 했다. 그녀가 날 좋아하나 싶었지만, 그것은 오해가 틀림없다.

"아, 드럼을 전공했는데 지금은 소설가라고요?"

드럼 전공자가 글을 쓰고 책을 냈다니 이해가 되지 않는 모양이다. 아무렴 어쩌랴. 어차피 잘 가르치면 될 일 아닌가? 난 아무런 문제가 없다는 듯 미소 지으며 말했다.

"제가 못 하는 게 없거든요."

나는 거짓말을 하지 않았다. 정말로 못 하는 게 없다. 사람들은 내가 드럼을 치기도 하고, 극단에서 연극을 하기도 하고, 글을 써서 책까지 출판하니 참으로 다양한 재능을 가졌다고 말하지만, 사실상 내가 하나님께 받은 재능은 오로지 하나, '자신감'뿐이다. 마음먹은 일은 반드시 해왔고, 실패가 있을지언정 후회 없을 만큼 최선을 다했다. 그래서 만족한다. 결과도 나쁘지 않았다. 아니, 항상 좋았다. 지금까지는 그렇다. 앞으로도 그럴 것이다. 내가 나를 믿는 만큼 본부장님도 나를 믿어주면 좋겠다는 생각을 했다. 그야말로 난 뭐든지 잘하니까 말이다.

"자신감이 좋네요. 정말로 잘할 것도 같고."

오! 본부장님이 날 인정했다. 그녀가 나를 믿기 시작했다. 그래도 여전히 의심스러운 부분이 남아있는 듯하다.

"그동안 드럼을 가르치기도 하고 책을 내기도 하면서 생계를 유지한 건가요?"

질문을 받으면 답변하는 것이 예의다. 그것도 솔직하게.

"아니요, 12년 동안 영업직에 종사하며 돈을 벌었습니다."

본부장님의 표정은 또다시 굳어졌다. 그 표정은 '그래, 뭔가 또 있을 줄 알았지'라던가 '이번엔 영업이냐?' 등의 생각을 담고 있는 것처럼 보였다. 그리고 '다음은 뭐야?'라는 표정으로 다시 물었다.

"드럼을 전공했지만 소설을 썼고, 그 와중에 영업을 12년이나 하셨다고요?"

"네, 그렇습니다."

그녀의 표정이 또다시 바뀌었는데 이번에는 무슨 생각을 하는지 읽기가 어려웠다.

"마지막 회사에서 어느 정도의 연봉을 받았나요?"

"4,500만 원입니다."

이 금액은 마지막 회사에서 내게 약속했던 기본 연봉이다. 물론 영업매출에 따라 수당을 더 받기로 했지만, 그 회사는 내게 약속한 기본 연봉조차 제대로 주지 못했다. 비록 회사의 사정으로 인해 받지 못한 연봉일지라도 그 연봉은 내 몸값이다.

"우리 회사에서는 그 정도 수입을 만들기 어렵다는 거 알고 오셨죠?"

물론 알고 있었다. 입사를 지원하기 전부터 정보를 수집하고 대략 어떤 일이라는 것쯤은 알아보는 것이 지원자로서의 올바른 자세다.

"네, 알고 있습니다."

"우리 회사에 왜 지원하셨어요?"

익숙한 질문이다. 이곳에 입사를 결심하기 전에도, 입사지원서를 제출할 때도, 면접을 보러 오는 동안에도 스스로에게 수없이 던진 질문이니까.

"돈 벌려고 하는 일이 아니니까요. 글 쓰는 걸 좋아하고, 아이들을 좋아하니까. 좋아하는 일이면 평생 즐길 수 있을 것 같아서요."

면접이 끝난 후엔 집으로 향했다. 친구들을 만나자니 그들의 퇴근 시간까지 기다리는 것이 귀찮게 느껴졌다. 그렇다고 시간이 날 때마다 보고 싶은 애인 따위가 있는 것도 아니다. 딱히 집에서 할 일이 있는 것도 아니지만, 적어도 집에 있을 땐 돈 쓸일은 없으니까 마음만은 편했다.

샤워를 끝내고 옷을 갈아입는데 현관문 소리가 들린다. 어머니다.

"정곤아! 엄마 왔어, 이리로 와봐."

어머니의 목소리 톤이 높다. 심지어 멜로디까지 느껴진다. 어머니의 기분이 상당히 좋은 것을 알 수 있었다. 좋은 일이 생긴 것이 분명하다.

"왜요, 무슨 일이에요?"

"이것 봐봐."

어머니가 종이 한 장을 건네는데 질감이 두껍고 거칠다. 곧 짙고 큰 글자들이 눈에 들어온다. 아들인 나에게는 무척이나 익숙하고 친숙한 그것, 그것은 바로 상장이다.

"모범상?"

"내가 상을 받았지 뭐야. 청소를 열심히 한다고."

"청소를 열심히 한다고 상을 줬어요?"

"응!"

어머니의 표정이 밝다. 그렇게 밝은 표정의 어머니를 내 생에

본 적이 없다.

생각해보니 어머니는 과거에 상을 받은 경험이 없었다. 어렸을 때도 집안일을 돕고, 동생들을 돌보기 위해 초등학교 교육조차 포기하셨다. 자연히 글을 배울 기회는 없었다. 어머니가 지금까지도 까막눈인 이유다. 그러한 어머니가 평생에 처음으로 상장을 받으셨으니 그 기쁨을 어찌 다 말로 표현하랴. 어머니에겐 지금이야말로 인생 최고의 순간일 것이다.

어머니가 말씀하신다.

"거기에 뭐라고 쓰여 있는지 읽어줘 봐, 어서!"

나에게 상장을 읽으라고 하시고는 안방으로 들어가 옷을 갈아입으신다. 소리가 작으면 큰 소리로 읽으라고 나무라신다. 덩달아 기분이 좋아서 어머니를 따라다니며 상장을 읽어드린다. 기분이 묘하다. 친구들은 자식이 받아온 상장을 읽으며 흐뭇해하는데 나는 어머니가 받아온 상장에 함께 감격하고 있다. 과연, 내가 낳은 자식이 상장을 받아오는 기분은 어떤 것일까? 아니, 내가 가르친 학생이 상을 받는다면 어떤 기분일까?

"아, 너는 면접 어떻게 됐어?"

"면접이요?"

나는 들고 있던 상장을 어머니께 다시 건네며 말했다.

"당연히 합격했지요."

어머니의 표정이 한층 더 밝아진다. 엉덩이를 실룩샐룩 하시는 걸 보니 춤까지 추고 계신 것 같다. 어머니가 휴대전화기를 꺼내 어딘가로 전화하신다.

"어, 나야, 나. 내가 상 받았어! 응! 그리고 우리 아들은 선생님 됐다! 아니, 학교 선생님 말고…"

아들이 작가라며 책을 내도 그 책의 제목조차 읽지 못하는 분이 세상을 이해하면 얼마나 이해하고 계실까? 어머니에게 선생님이란 그저 다 같은 선생님일 뿐. 학교 선생님과 '학습지 교사'의 차이가 얼마나 큰 지에 대해서는 군이 설명하지 않는 편이 낫다는 생각을 했다. 그나저나 본부장님이 말했던 것은 무슨 의미일까?

'영업을 잘하셨다니 다행이네요. 우리 일이 영업이랑 다르지 않아서.'

영업이랑 다르지 않다? 어떤 부분이? 설마 아이들을 가르치는 일 외에도 영업을 해야 하나? 이런 저런 생각을 뒤로하고 내 방으로 들어와 컴퓨터를 켰다. SNS에 접속하기 위해서다. 면접에 합격했으니 선생님이 되기 위한 공부를 해야만 하는데 회사에서 진행하는 교육 일정이 지방에도 있어서 지인들에게 이 사실을 알려야만 했다. 그렇지 않으면 며칠 동안 연락이 없는 나를 걱정하게 될 테니까. 나는 SNS에 교육일정을 알린 후에 연수를 무사히 다녀올 수 있도록 기도를 부탁했다. 얼마 지나지 않아 댓글이 달린다. 대부분이 잘 다녀오라는 내용이었지만 한 내용이 눈에 띈다.

〈곤! 공부를 왜 해? 평소 실력으로도 매월 1,000만 원은 찍을 수 있을 텐데. 동대문구 들쑤셔봤자 허접된다. 대치동으로 가봐. 강남, 서초, 송파를 공략하는 거지. 용인, 수지 지구도 괜찮고. 수능을 가르쳐야 돈이 된다. 물론, 교육이 너무 영리만을 목적으로 해서는 안 되지만.〉

친한 친구는 아니다. 나랑 친하다면 절대 이런 식으로 말을 하지 않는다. 더구나 내 앞에서 감히 '허접'이라는 단어를 쓰다니. 내가 지금까지 해온 일들이 어떠한 결실을 맺었는지 모르는 친구가 분명하다. 이 친구의 코를 납작하게 만들어야겠다는 생각이 들었다.

몇 주 후, 나는 교육을 마치고 본사를 나오면서 이전과는 전혀 다른 나의 모습을 발견했다. 빠듯한 교육일정을 소화하며 힘들게 보낸 시간들이 영양분이 되어 나에게 힘을 주는 듯하다. 이제부터 내가 경험하게 될 세상은 새로운 세상이다. 과거에는 경험해보지 못한 아주 새로운 일들이다. 마치 발 한 번 내디딘 적 없는 하얀 눈길 위에 첫발을 내딛는 것처럼 흥분되는 일이다. 지금까지 내가 교육 쪽에서 활동할 때는 늘 어느 정도의 수준에 이르러야만 대화가 가능한 중학생이나 고등학생, 청년들이 제자였다. 하지만 앞으로 내가 맡게 될 아이들은 다르다. 초등학생이 그 대상이기 때문이다. 심지어 7살의 어린 나이로 교육을 시작하는 아이들도 있다. 그들의 언어는 어떤 것일까? 그들과의 대화는 지금까지 해오던 것과는 많은 차이가 있을 것이 분명하다.

　기대도 되지만 걱정이 앞선다. 어쩌면 당연한 것인지도 모르겠다. 미지의 세계를 탐험하는 것이나 다를 바가 없을 것이다. 그 세계를 탐험하기 위해서는 많은 준비가 필요하다. 그 준비를 잘해야만 탐험에 실패하지 않을 수 있다. 준비하는 과정이 즐겁다. 성장하는 나를 느낄 수 있어서 좋다. 아직도 성장할 수 있는 기회가 있는 것에 감사하다. 그렇다. 나는 아직도 성장 중이다. 어린아이처럼 희망이 가득하다.

교육을 시작하다

필요한 공부는 모두 수료했지만, 나에게 배울 아이들을 생각하니 잠시도 쉬거나 놀 수가 없었다. 공휴일에도 카페에 나가 커피를 마시며 책을 보고, 필요한 것을 메모하며 공부를 멈추지 않았다. 어느 누가 '공부는 끝이 없다'고 하였나? 그 말이 머릿속에서 떠나질 않는다. 아무리 열심히 공부를 해도 부족한 기분이 드는 건 어쩔 수 없나 보다. 그런 나에게 때가 왔다. 부족해도 때가 이르면 움직여야 하는 것이 인생이다.

수업 지역이 정해지고 첫 수업을 나가게 되었다. 내가 하는 수업은 시간에 맞춰 아이들의 집을 방문해야 한다. 때로는 한 명씩 수업을 하기도 하고, 때로는 2명에서 4명까지 모둠 수업을 하기도 한다. 수많은 사람들을 만나며 영업을 해왔던 나인데도 아이들을 대면할 땐 긴장할 수밖에 없었다. 그도 그럴 것이 아이와 대화하는 것은 성인들의 그것과 너무니도 달랐기 때문이다.

내가 말을 많이 하면 아이들이 입을 열지 않아 토론 진행이 힘들고, 아이의 말을 듣고자 하면 그 입이 좀처럼 멈추질 않는다. 그러다 보니 첫 수업 때는 내가 준비한 것에 절반도 채 가르치지 못하는 상황이 벌어지고 말았다. 아이들의 성향을 이해하지 못했기 때문에 나타난 결과다. 아이들이 어렵게만 느껴졌다.

오히려 수업이 끝난 후에 상담하는 부모님과의 시간이 편하게 느껴질 정도다. 그래서 처음에는 아이들보다 부모님의 이야기에 더 귀를 기울였다. 부모님을 통해 아이에 대한 성향을 파악하고 대략적으로나마 그들을 이해했다.

그렇게 아이들을 이해하고 나니까 막막했던 수업에 틀이 잡히기 시작했다. 아이들의 성향을 알게 되니 그 성격에 맞게 수업하는 것도 가능했다. 그러나 이 방법은 임시방편에 불과하다. 부모님을 통해 이해할 수 있는 아이들이 있는 반면, 부모님을 한 번도 만나보지 못해서 간단한 성향조차 파악하지 못한 채 수업을 시작하는 경우가 더러 있었기 때문이다. 그러한 경우에는 직접 아이와 부대끼며 알아갈 수밖에 없다. 이렇게 아이들을 알아가면서 재미있었던 것은 부모님이 말하는 아이의 성향과 내가 느끼는 아이의 성향이 다른 경우가 많았다는 것인데, 부모님이 아이의 성격과 의도를 잘 파악하지 못하는 경우도 많았다는 것이 꽤 충격적이다.

수업을 시작하고 며칠 후, 나에게는 아직도 첫 수업조차 시작하지 못한 아이들이 몇몇 남아있었다. 오늘도 그랬다. 첫 수업을 하는 아이가 있었다. 나는 소희네 집으로 향했다. 아파트 현관에서 벨을 누르고 문이 열리길 기다렸다. 문이 열리자 어머님이 반갑게 맞아주셨다. 어머님을 닮아서인지 소희도 무척이나 밝아 보였다. 우리가 방으로 이동해 책상 앞에 앉을 때쯤 또다시 현관 벨 소리가 울린다. 주미다. 주미는 소희의 친구이자 나의 학생이다. 그렇다. 이 수업은 소희와 주미, 두 명이 함께 하는 수업이다.

첫 수업치곤 분위기가 괜찮았다. 둘 다 너무나 예쁘고 사랑스러웠다. 소희가 밝고 적극적인 성격이라면 주미는 약간 소극적이고 새침한 면이 있었다. 성격적인 면에서도 둘의 조합은 나쁘지 않았다. 나는 준비한 대로, 아이들과 교감하며 자연스럽게 수업에 집중할 수 있도록 이끌었다. 다행히 수업을 잘 따라준다. 질문에도 대답을 잘했다. 천사들과 수업을 한다면 지금과 같을 것이라는 착각까지 들었다.

문제는 조금도 예상치 못한 부분에서 발생했다. 글을 쓰는 사례가 왔을 때다. 글을 쓰는 것은 수업의 마지막 부분에 있는데, 글이 마무리되어야 그날의 수업이 완성된다고 볼 수 있다. 그런데 한참 동안 깔깔대며 잘 웃고 대답하던 소희가 장난기가 발동

했나 보다. 소희는 주미를 손가락으로 가리키며 말했다.

"선생님, 주미가요. 글씨가 삐뚤빼뚤 예쁘지가 않아요. 학교에서 놀림까지 받았어요."

나는 대수롭지 않은 듯 말했다.

"글씨가 안 예쁘면 어때? 선생님도 굉장히 악필인걸?"

내 말을 들은 소희는 몸을 앞쪽으로 약간 기울이며 더 크게 말하기 시작했다.

"그게 아니라요. 주미가 쓴 글씨를 보면 마치 지렁이 같다니까요? 스멀스멀."

소희는 그렇게 말해놓고 뭐가 그리 재밌는지 깔깔대며 웃었다. 그런 소희를 바라보며 주미는 멋쩍게 웃었다. 나는 주미의 반응을 보면서 주미가 소희의 장난도 잘 받아주는 멋진 친구라고 생각했다.

"그렇다고 친구를 놀리면 어떡해. 자, 이제 그만 웃고 글 쓰자."

내가 수업 분위기를 다잡기 위해 엄숙한 태도를 보이자, 소희는 떼를 쓰기 시작했다. 자신의 의도대로 분위기를 이어갈 참이다.

"아, 그러지 말고 선생님도 주미 글씨가 지렁이 같다고 한 번만 말해주세요. 네?"

이건 또 무슨 말인가? 선생보고 제자의 글씨가 엉망이라며 같이 놀리자니. 나는 완고한 자세를 취하며 말했다.

"안 돼. 친구를 놀리는 건 잘못된 일이야. 수업에 집중하는 게 좋겠다."

순간, 소희의 표정이 바뀌었다. 지금까지 잘 따르던 소희의 얼굴이 아니다. 나는 소희의 얼굴을 바라보며 불안한 기분을 떨칠 수 없었다. 아니나 다를까, 적반하장(賊反荷杖)! 소희는 화가 난 표정으로 말했다.

"선생님은 왜 저만 나쁘게 만들어요? 어차피 장난인데. 이렇게 상황이 끝나면 나만 나쁜 애가 되는 거잖아요. 어차피 주미도 이해할 텐데. 그냥 '지렁이 같다'고 한 번만 말하면 분위기 좋게 수업할 수 있잖아요."

초등학교 4학년생이라고는 믿기 어려운 언변이다. 자신이 저지른 잘못을 남에게 떠넘기면서 그와 동시에 자신의 잘못을 정당화시켰다. 지금까지 만나왔던 아이들과는 다르다. 이 아이는 어쩌다가 이러한 화술을 익히게 된 것일까?

성인들은 모든 상황에 대비한 나름의 매뉴얼이 있다. 나 또한 그렇다. 아닌 것은 아니다. 잘못된 상황이 뻔히 보이는데 그걸 인정하고 싶지 않았다. 선생의 입장이 되어서는 더욱 그렇다.

"안 된다니까! 그만해, 이젠. 수업에 집중 좀 하자."

소희의 표정은 매우 좋지 않았다. 그래도 성격이 강한 탓인지 쉽사리 눈물을 보이지는 않았다. 대신 조금은 어른스러운 느낌으로 진지한 표정을 지으며 말을 이어갔다.

"그럼, 저 이 수업 안 할래요. 더 이상 하기 싫어요. 제가 안 하면 주미도 안 할 걸요? 이따가 엄마한테 말해서 수업 안 하겠다고 할래요."

소희는 영리했다. 자신의 목표를 이루기 위해 어떻게 말하고 행동해야 하는지 잘 아는 아이였다. 더구나 이곳은 소희네 집. 소희는 평소보다 더 당당한 모습으로 말하는 것이 가능했는지도 모른다. 초등학생에게서 어른들의 영악함을 엿볼 수 있었다.

그 순간, 본부장님의 말이 떠올랐다. 면접 당시에 들었던 말이다.

'영업을 잘하셨다니 다행이네요. 우리 일이 영업이랑 다르지 않아서.'

나는 영업할 때의 내 모습을 떠올렸다. 결정적인 순간에 적당한 타협으로 계약을 이끌어내던 내 모습을 말이다. 당시의 나는 세상 그 무엇도 두렵지 않았다. 하지만 계약을 실패했을 때는 전혀 다른 상황이 펼쳐진다는 사실을 알고 있었다. 나를 바라보는 사람들의 시선부터가 달라진다. 무시하고 깔보는 그들의 눈빛에 당황하게 된다.

더 큰 문제는 스스로가 '실패'했다는 생각에서 벗어나지 못하는 것에 있다. 시간이 흐를수록 자신감도 잃게 되고 패배자의 모습에서 벗어날 수가 없다. 영업사원이 계약에 실패했다는 것은 대역죄인이 되는 것이나 다름없는 것이다. 선생이라고 다르지는 않을 것이다. 수업이 깨진다는 것은 선생으로서의 실패를 의미하는 것과 같다는 생각이 들었다. 새로운 선생님이 오자마자 수업이 깨졌다는 말을 듣고 싶지는 않았다. 시계를 봤다. 수업시간을 10분이나 넘기고 말았다. 그것은 곧 이후에 있는 수업시간도 늦어지는 것을 의미한다. 서둘러야만 한다. 선택해야만 한다. 나는 주미를 바라보며 말을 걸었다.

"주미야, 그냥 네가 한 번 소희를 이해해주면 어떻겠니? 어차피 장난이고, 저렇게 '지렁이' 소리를 한 번 듣고 싶어 하는데."

주미는 말이 없었다. 긍정하지도 않았고, 거부하지도 않았다. 그저 머리만 숙이고 있었다. 나는 이 순간을 놓치지 않고 재빨리 말을 뱉어냈다.

"그래, 주미 글씨가 '지렁이'처럼 생겼네. 됐지? 이제 됐지? 자, 이제 글을 완성하자."

소희는 기분이 좋아져서 밝은 목소리로 말했다.

"주미는 기분 나쁘지 않을 거예요. 제가 주미랑 얼마나 친한데요. 당연히 이해할걸요?"

그날의 수업은 그렇게 마무리됐다. 소희는 남은 시간 안에 글을 써서 완성했고, 주미는 글을 쓰다 만 채로 수업을 마쳤다. 수업이 끝난 후에 소희 어머님과 상담하면서도 그날에 있었던 이야기를 할 수는 없었다. 첫 만남에 좋지 않은 이야기로, 더구나 자녀에 대한 이야기로 얼굴을 붉힐 수가 없었다.

그 후로도 수업은 소희네 집에서 이루어졌다. 무려 한 달 동안 말이다. 소희는 여전히 밝은 얼굴에 적극적인 태도로 수업에 임했다. 나를 더욱 좋아하게 된 것은 물론이다. 더 이상 무리한 요구도, 황당한 요구도 하지 않았다. 나 또한 그런 소희가 고마웠다. 다행히 주미도 수업에 잘 참여해 주었다. 말도 잘하고 토론에도 적극적으로 참여했다.

그런데 문제는 또다시 글을 쓸 때 발생했다. 주미가 더 이상 글을 쓰지 않는 것이다. 연필은 손에 쥐었는데 글을 쓰지 않았다. 아무리 구슬려도 주미의 연필은 움직일 생각이 없었다. 한 번은 너무 속상해서 제발 글 좀 써달라고 두 손을 모으고 부탁했다. 그랬더니 주미는 연필을 쥔 손에 힘을 빼고 천천히, 아주 천천히 줄 하나를 그었다. 그리고 말했다.

"자요, 지렁이."

하늘이 무너지는 것만 같았다. 상황을 잘 이해하고 넘어간 줄 알았던 그때의 사건이 다시금 머리를 강타했다. 내가 타협했던 그 작은 일이 이렇게 뒤통수를 치게 될 줄은 꿈에도 몰랐다. 그 날도 주미는 끝끝내 글을 쓰지 않았다.

그 당시에 어린 소희는 주미의 기분을 헤아리지 못했다. 어린 아이니까 그럴 수 있다. 그렇지만 나는 성인이다. 그리고 선생님 이다. 선생님으로서 아이들을 이해하고 배려하는 모습을 보여 주지 못했다. 주미 뿐만 아니라 소희조차 배려하지 못한 것을 인정해야만 했다. 소희에게 단호한 모습으로 안 된다고만 할 것 이 아니라 주미의 기분을 헤아릴 수 있도록 더 많은 대화를 유 도해야 했다. 그러지 못한 것이 지금의 결과를 낳았다.

한 달 후, 장소를 바꿔 주미의 집에서 수업을 진행할 수 있었 다. 기대가 됐다. 글을 쓰지 않던 주미도 자신의 집에서는 용기 를 낼 수 있을 것이라 믿었다. 그런데 상황은 나아지지 않았다. 주미는 여전히 글을 쓰지 않았다. 자신의 집에서는 용기 내어 글을 쓸 줄 알았던 주미가 오히려 완고한 모습으로 글쓰기를 거 부했다. 주미 어머님께 고민을 털어놓을까도 싶었지만 별다른 해결책도 없이 어머님과 상담하는 것은 불가능했다. 어머님이 걱정할까 봐, 아니 수업이 깨질까 봐 더 많은 걱정이 되었던 것 도 사실이다. 이러지도 저러지도 못한 채 시간만 흘렀다.

시간이 흐를수록 주미에 대한 걱정도 날로 커져 갔다. 그 걱정이 가시가 되어 심장에 박힌 느낌이다. 다른 곳에서는 수업을 잘하는 선생님으로 알려져서 나름 인정도 받고 있던 터라 승승장구하던 영업사원 때와 다를 바가 없다고 생각했는데, 주미만 생각하면 패배자가 된 기분에서 벗어날 수 없었다.

아이들 수업이 끝나면 집으로 향한다. 회사에 들르지 않아도 된다. 그래도 집에 도착하면 언제나 밤이 늦은 시각이다. 지치거나 힘들지는 않았다. 재미있었다. 아이들을 교육하는 일이 즐거웠다. 영업하던 때에 비하면 더 많은 공부와 노력, 시간이 필요했지만, 그때와는 또 다른 재미와 보람을 느꼈다.

그러나 어머니가 보시기에는 아들의 모습이 안쓰러웠나 보다. 잠자는 시간을 제외하고 주말까지 시간에 쫓겨 공부하는 내 모습이 걱정됐나 보다. 그러던 어느 날 어머니가 말씀하셨다.

"나 무릎 수술 하려고. 인공관절 넣는 거."

"네? 그걸 한다고요? 몸에 칼 대는 거 싫어하시더니 왜?"

"너도 내 나이 되어 봐! 일하는데 몸이 말을 안 들어."

"그러게 힘든 일을 왜 그렇게 열심히 하세요. 그냥 쉬엄쉬엄하시지."

"그럼, 돈은? 돈은 네가 벌어다 줄래?"

나는 더 이상 말을 잇지 못했다. 어머니가 저렇게 말씀하시면 할 말이 없어진다. 영업하던 때와는 확연하게 다른 수입의 차이. 내가 벌던 수입에 절반도 못 미치는 수입이었으니까. 내가 아무런 말이 없자 어머니는 다시 입을 여셨다.

"애들이나 잘 가르쳐. 넌 선생님이잖아. 선생님이면 책임을 져야지."

어머니는 책임감이 강하다. 아버지도 그러셨고, 어머니도 그러셨다. 덕분에 부모님의 피를 이어받은 나까지 책임감이 유별나다. 그 순간, 어머니의 휴대전화기가 울린다.

"어, 지금 나가! 우리 아들? 지금 들어왔지. 우리 아들 선생님이잖아. 아니, 학교 선생님 말고…"

어머니에게 아들은 자랑스러운 선생님이다. 선생님이니까 학생에 대한 책임을 지는 것도 당연하다. 나는 선생으로서 내 '책임'에 대해 고민하고 또 고민했다.

다음날 오전, 나는 회사로 향했다. 그리고 소희와 주미의 수업이 어렵다고 말했다. 수업이 엉망이 되어가고 있음을 시인했다. 회사에서는 의외라는 반응이다. 신입 선생님에 대한 반응도 좋고 소문이 소문을 낳아 수업까지 늘어나고 있는 상황에서 뜬금없이 수업이 어렵다니. 부끄럽지만 나는 확실하게 말할 필요가 있었다. 다른 누구도 아닌 주미를 위해서. 주미는 나와의 수업을 불편하게 여겼다. 이런저런 노력을 해봐도 좀처럼 상황은 나아지지 않았다. 이대로라면 주미가 계속해서 피해를 입을 수 있었다. 글을 쓰는 것에 반감을 가지게 될 가능성이 높았다. 그것은 최악이다. 교육을 망치는 선생님이 될 것이 분명하다.

고맙게도 소희와 주미의 수업을 대신해 들어가겠다는 선생님이 나타났다. 그 선생님은 나보다 경력도 풍부하고 수업을 잘하기로 소문난 분이다. 가슴을 쓸어내렸다. 걱정도 덜었다. 아이를 끝까지 책임지지 못 하는 것에 대해 아쉬움은 있을지언정, 더 이상 아이에게 해가 되지 않을 수 있다는 생각에 안도했다. 물론 수업에 실패했다는 이력은 남겠지만, 그것은 마땅히 받아들여야 할 내 책임이다.

그 후로 몇 주가 지났을까? 수업하러 가는 길에 소희와 마주쳤다. 오랜만에 만난 소희는 밝게 웃으며 인사를 했다. 수업도 잘 받고 있다고 했다.

"주미는? 주미도 글은 잘 쓰고 있는 거지?"

소희가 대답했다.

"네. 글 잘 쓰고 있어요. 선생님 때랑은 달리."

다행이다. 그거면 됐다. 나를 향해 뭐라고 욕을 하든 간에 비꼬든 간에 상관없다. 너희만 잘되면 된다. 나는 영업사원이 아니라 선생님이니까. 그것이 선생으로서 가져야 할 책임이니까. 그것만이 내가 너희에게 해줄 수 있는 작은 '배려'였으니까.

어떠한 상황에도

어머니가 입원하셨다. 한동안 그렇게 망설이시더니, 결국 무릎 수술을 하기로 결심하신 것이다. 연골이 다 닳아 그 기능을 제대로 할 수 없다고 하니 부지런히 움직이는 것을 좋아하시던 어머니로서는 당연한 판단이었는지도 모른다. 옛날부터 어머니는 병원을 싫어하셨다. 그래서 어지간한 잔병은 전부 집에서 해결하셨고, 갑상선을 제거하는 수술을 하신 이후로도 큰 병을 앓은 적이 없었기에 더 이상의 입원 경험이 없었다. 그만큼 건강하셨다.

평소에도 어머니는 일거리 만들기를 좋아하셨다. 잠시도 몸을 쉬지 않았다. 아침 일찍 일어나 일을 나가고, 퇴근 후에는 집안일에 운동까지 거르는 법이 없었다. 가을에는 도봉산을 집 드나들 듯이 하면서 도토리를 주워오기도 하고, 그것으로 묵을 만들어 주변 사람들에게 나눠주기도 했다. 그때쯤이면 나는 어머니의 심부름이 귀찮아 난리를 피우곤 했다.

"몸도 좋지 않다면서 무슨 일을 이렇게 만들어요, 만들기를. 쉬는 날에는 그냥 집에서 쉬어요, 좀."

어머니가 햇볕에 말린 도토리를 방앗간에 맡길 때면 괜히 짜증이 나서 소리쳤다. 그때쯤 돌아오는 어머니의 말씀은 언제나 동일하다.

"너는 장가나 가, 인마! 밖에 나가서 살면 서로 얼굴 안 보고 좋잖아. 나이를 그렇게 처먹고 여태 장가도 못 가는 게!"

버스회사에 오래 다닐수록 어머니의 말투는 거칠어져 갔다. 아무래도 대부분의 버스 기사들이 남자들이고 남자들이 많은 곳에서 일을 하시려니 말투까지 그들을 닮아가는 듯하다. 그러한 어머니의 모습을 지켜보면서 배운 점도 있다. 내가 아이들 앞에서 말투에 신경을 써야 하는 이유를 곱씹었다. 어른들도 저렇게 물들어 가는데 아이들은 오죽하랴. 그래서 배려 깊은 말투를 쓰려 노력했고, 그러다 보면 아이들도 그렇게 닮아갈 것이라 믿었다.

"말씀 좀 예쁘게 하세요, 어머니. 회사 다니더니 나쁜 것만 배워가지고…."

순간, 휴대전화기 소리가 울린다. 문자가 왔을 때 나는 소리다. 내가 문자를 확인하고 난 후에도 문자가 계속해서 오자 어머니가 소리친다.

"문자 오잖아! 누구야? 시끄럽게!"

"아, 교회요."

"교회에서 왜?"

"교회 일 좀 하라고."

어머니는 혀를 차며 말씀하셨다.

"쳇! 교회 일한다고 아가씨를 소개시켜 주는 것도 아니면 서…."

어머니는 내가 장가가는 모습이 너무나 보고 싶으셨나 보다. 하긴 동생도 벌써 시집가서 애가 둘인데 오빠는 장가도 못 가고 저러고 있으니 한심하게 느껴질 만도 하다. 나조차 거울에 비친 내 모습을 보며 같은 생각을 하고 있던 터라 어머니의 마음을 충분히 이해할 수 있었다.

어찌 됐든, 어머니는 평소에도 병원을 그렇게 싫어하시더니 정작 입원 후에는 적응을 잘하시는 듯 보였다. 오히려 같은 병실에 있는 환자들에게 아들 자랑을 하며, 딸이나 조카, 아는 처자가 있으면 소개시켜 달라고 부지런을 떠셨다. 어머니의 부지런함은 병원에서도 유명했다.

어머니가 입원한 다음 날, 나는 수업을 마치고 병원으로 향했다. 금요일에도 밤늦게까지 수업을 해서 지쳐있었나 보다. 몸의 상태가 말이 아니다. 아까 오후에는 감기에 걸렸을지도 모른다는 생각으로 병원에 갔지만, 의사 선생님은 감기가 아니라며 병의 원인을 모르겠다는 말씀만 하셨다. 감기가 아니라는 답을 들으니 어머니께 전염이라도 될까 생각한 것은 괜한 염려가 되었다.

그래서 어머니 병원으로 향했다. 역시나 밤늦게 도착한 병실에는 불이 꺼져 있었다. 나는 조심스럽게 어머니의 모습을 살폈다. 아직 수술 전이라 얼굴색이 나빠 보이지는 않았다. 어머니는 인기척에 놀라 잠에서 깨어나셨다. 그리고 내 얼굴을 확인한 후에야 곧 안심하셨다.

"지금 몇 시야?"

"거의 11시 다 됐네요."

"수업은 잘했어?"

"최선은 다했는데 몸이 좋지 않아서 영…"

"왜?"

"나도 모르겠네요, 왜 이렇게 아픈지. 병원에 갔더니 감기는 아닌 것 같다는데 의사도 내가 왜 아픈지를 모르겠대요."

"그럼, 얼른 가서 쉬어. 네가 아프면 아이들은 어떻게 가르치겠어?"

어머니는 나를 걱정했다. 나를 배려하고 있었다. 어머니가 주

무시는 것을 확인한 후에 집으로 향했다. 다음날이 토요일이고 그 다음 날이 일요일이니까 공부에 대한 부담은 많지 않았다. 건강을 생각해서 일찍 자야겠다는 생각만 했다.

집에 도착하니 깜깜한 어둠이 나를 기다렸다. 이 어둠은 익숙하지 않다. 항상 불을 밝히고 계셨던 어머니가 늘 집에 계셨기 때문에 그랬나 보다. 하지만 어머니의 부재로 인해 이 집은 전혀 다른 공간이 되어버리고 말았다. 낯설고, 삭막하고, 심지어 집안의 공기조차 무겁게 느껴졌다. 그러한 공간에서 잠이 든 나는 온몸이 떨리고 답답한 기운에 몸을 떨었다. 그렇게 앓았다. 자리에서 일어나는 것조차 힘들었다. 토요일에도, 일요일에도, 어머니께는 전화로만 안부를 묻고 그렇게 앓아누웠다. 너무나 심하게 앓아누웠다.

주말이 지나자 나의 건강상태는 거짓말처럼 나아졌다. 이제는 어머니의 회복만 남았다. 그 사이 어머니는 무릎 수술을 마친 터였다. 무릎 수술 후에는 수시로 다리를 주물러 드려야 했다. 나는 계속해서 병원에 있고 싶었지만, 아이들 수업을 생각하면 그럴 수 없었다. 주말 내내 앓아누웠던 터라 밀린 공부가 산더미처럼 많았다. 이런저런 핑계로 어머니 곁을 지키지 못하는 상황에서도 어머니는 언제나 나와 학생들 걱정뿐이었다.

"아이들 가르치는 게 어디 쉬운 일이니? 나는 괜찮으니까 넌 아이들이나 신경 써."

어머니가 그렇게 배려를 해주시니 편안한 마음으로 공부에 집중할 수 있었다.

그러던 어느 날 동생에게 연락이 왔다. 어머니가 병원에서 난동을 부린다는 소식이다. 너무나 당혹스러운 소식에 정신이 멍해지는 것을 느꼈다. 멀쩡한 어머니가 난동을 부리다니? 어머니는 수술 후에 회복 단계를 밟고 계셨다. 그러나 시간이 흐를수록 회복은커녕 몸의 상태가 안 좋아지기 시작했다. 처음에는 병원에서 말한 대로 약의 기운이 너무 강해서 그런가 보다 싶었지만, 어머니가 퇴원을 주장하며 난동을 부린다고 하니까 아들로서는 가만히 있을 수가 없었다. 어머니께 전화를 했다. 어머니는 내 전화를 받자마자 부드러운 목소리로 말씀하셨다.

"응, 아들. 수업 중 아니야?"

"수업이 문제예요? 어머니가 퇴원하겠다고 난리쳤다는 이야기를 들었는데. 몸이 안 좋은 거예요?"

어머니의 목소리는 차분했다. 난동을 부렸다는 소식이 무색할 정도로 차분하고 부드러운 목소리다.

"아니야, 괜찮아. 병원에 있을 거야. 걱정하지 말고 수업 잘해."

어머니의 목소리를 들으니 마음이 편해졌다. 불안했던 마음은 어느새 사라지고 없었다. 덕분에 수업도 잘 마무리하고 병원으로 향했다. 어머니는 평소보다 통증을 호소하셨고, 간 수치가 많이 올라갔다는 이야기를 들었다. 밤이 늦은 시각이라 간호사들에게 어머니를 부탁하고 나올 수밖에 없었다. 그리고 다음 날, 어머니는 큰 병원으로 자리를 옮기셨다. 상승한 간 수치가 도저히 떨어질 기미를 보이지 않아서다.

어머니는 면역력이 떨어지며 간염에 걸릴 수 있는 환자로 분류가 되었고, 그로 인해 어머니 혼자 병실을 사용하게 되었다. 그때부터 내 걱정은 커지기 시작했다. 외로운 병실에서 병마와 싸우는 어머니를 생각하니 도무지 공부에 집중할 수가 없었다. 물론 아이들을 생각하며 억지로 공부하고 수업을 진행했지만, 몇몇 수업은 다음으로 미루기도 하면서 병실을 오갈 수밖에 없었다.

그날에도 저녁 수업을 뒤로 미루고 어머니 병실로 향했다. 때마침 동생도 있었다. 동생은 내가 어머니 곁을 지키지 못하는 것에 화가 나 있었다. 나 또한 미안한 마음에 어쩔 줄 몰랐다. 어머니도 동생처럼 나에게 섭섭한 마음이 한 가득일 것으로 생각하니 내가 이 일을 관둬야 하나 고민하게 되었다. 그 순간에 어머니가 반응했다. 어머니의 반응은 의외였다. 어머니는 집으로 들어가겠다는 동생을 향해 꾸짖기 시작했다.

"넌 왜 너밖에 모르니? 엄마가 이렇게 아픈데 말이야. 네가 엄마 옆에 있어야지!"

동생은 당황했고, 나 또한 황당함을 금치 못했다. 내가 오기 전까지 어머니 곁을 지키던 동생이 아니었던가? 동생은 억울하다는 표정으로 말했다.

"그럼 어떡해! 나도 집에 애들이 있는데. 엄마 옆에만 있으면 우리 애들은 누가 봐!"

나는 어머니 건강이 걱정되어 중재에 나섰다.

"어머니, 제가 왔잖아요. 제가 오늘 밤 계속 있을 테니까 걱정 마세요."

나는 동생을 향해 나가라는 손짓을 했고, 동생은 병실을 나갔다. 그 순간 어머니가 중얼거리며 침대에 누웠다.

"욕심은 많아가지고."

"네?"

내가 다시 묻자 어머니는 짜증이 섞인 목소리로 크게 말씀하셨다.

"욕심이 많잖아, 저게!"

어머니가 섭섭한 게 많으신가 보다 생각했다. 이 외로운 병실에 혼자 계시니 그렇게 생각하실 수도 있을 것 같았다.

"몸도 안 좋은데 좋은 생각만 해요, 어머니. 동생은 가정이 있잖아요. 일찍 들어가야지."

어머니는 베개에 머리를 묻으며 조용하고 가는 목소리로 말
씀하셨다.

"그게 아니야, 그게."

그날 밤, 나는 병실에서 수업 준비를 하며 어머니 곁을 지켰
다. 어머니의 연약한 숨소리를 들으며 공부를 하니 묘하게도 마
음이 차분해졌다. 어머니가 곁에 있다는 사실만으로도 이렇게
마음이 편해졌다.

불현듯 어머니가 자리에서 벌떡 일어나셨다. 어머니는 얼굴을
찌푸리며 말씀하셨다.

"어떡하니, 어쩌면 좋으니."

어머니 바지가 누런색으로 얼룩져 있었다. 몸이 좋지 않으니
괄약근 조절이 힘드신 것 같았다. 나는 아무렇지 않게 어머니
를 화장실로 옮기고 새로운 환자복을 가져와서 갈아입으라고
말씀드렸다. 그 사이 침대보 가는 것도 잊지 않았다. 어머니는
깨끗한 침대에 누우면서 말씀하셨다.

"우리 아들, 고생이 많네."

"어이구, 내가 몇 번이나 이랬다고. 그런 소리 마시고 얼른 일
어나기나 하셔요. 이런 건 일도 아니니까."

어머니는 잠시 긴 한숨을 내쉬고 나서 말씀하셨다.

"아니야, 엄마는 못 일어날 것 같아."

깜짝 놀랐다. 나도 모르게 소리를 치고 말았다.

"뭔 소리에요! 이 정도 아픈 걸 가지고! 이상한 소리를 하시네, 정말."

나는 다음날 새벽까지 3개의 침대보를 갈아야 했고, 어머니는 새로운 옷을 3번이나 갈아입어야만 했다. 아침이 되자 동생에게 전화를 했다. 내가 수업을 나가 있는 동안 동생이 병원에 있기를 바래서다. 통화를 마친 후에는 집으로 가서 샤워를 하고 옷을 갈아입은 후에 집을 나왔다. 그리고 회사로 향했다.

회사에서도 나에 대한 걱정이 컸다. 어머니가 무릎 수술을 한다고 해서 크게 걱정하지는 않았지만, 상태가 점점 악화되는 소식을 들으며 걱정하기 시작한 것이다. 하지만 나는 평소와 다르지 않았다. 평소처럼 크게 웃고, 수업을 열심히 준비하고, 아이들에게 최선을 다했다.

어머니는 병마와 싸우는 중에도 아들을 응원하고 배려하는 것을 잊지 않았다. 어머니의 배려가 결실을 맺기 위해서라도 아이들은 반드시 교육을 잘 받아야만 했다. 힘들고 지치는 상황에서도 내가 미친 듯이 공부하는 이유였다.

어머니가 중환자실로 옮겨졌다. 건강이 더 악화됐다는 의미다. 아무리 보호자라고 해도 정해진 시간 외에는 중환자실에 들어갈 수가 없다. 병원에 가도 문 앞을 지키는 것이 전부다. 나는 더욱더 공부에 매진했다. 어머니의 상태가 나빠질수록 그것은 점차 나아질 것이라고 확신했다. 어머니는 쓰러질 분이 아니다. 어머니가 어떤 분인데, 어머니가 얼마나 건강한 분인데 겨우 이 정도로 쓰러진단 말인가. 아버지가 돌아가신 후에도 얼마나 억척같이 우리 남매를 키우셨는지 아들인 나는 오랜 세월을 지켜봐 왔다. 그 정도로 강인한 분이 남들 다 하는 평범한 무릎 수술에 쓰러질 리 없다고 굳게 믿었다. 그러나 그 믿음은 오래 가지 못했다.

평소처럼 수업 후에 찾아간 중환자실에는 어느새 친척들이 한두 명씩 모이기 시작했다. 잠시 후 중환자실에서 나온 의사는 믿기 어려운 말을 내뱉었다. 어머니가 세상을 떠날지 모르니 마음의 준비를 하라는 말이었다. 그리고 그 말은 사실이 되었다.

침대에 누워있는 어머니의 모습은 내가 봐오던 어머니의 모습과 달랐다. 짙고 어두운 그림자가 어머니의 얼굴에 깔려 있었다. 피부가 무척이나 고왔던 어머니의 모습이 지금처럼 변했다는 사실을 눈으로 확인하면서도 믿을 수가 없었다. 조심스레 어머니 손을 붙잡는데 마치 스위치를 켠 것처럼 눈물이 흐르기 시작했다. 걷잡을 수 없는 충격으로 오열을 퍼부었다.

어머니 나이 59세. 아직 환갑도 되지 않은 젊은 나이에 평생을 고생하며 살다가 이렇게 허무하게 세상을 떠났다고 하니 미칠 것만 같았다. 약을 먹기가 싫다고 고집 피우다가 아들 장가 가는 것은 봐야 하지 않겠느냐는 말에 약을 삼키던 어머니의 모습이 떠올랐다. 불과 며칠 전만 해도 입버릇처럼 말씀하시던 "너는 엄마 없으면 어떻게 살래?"라는 말이 머릿속을 맴돌았다. 두 주먹을 불끈 쥐고 가슴을 쥐어짜도 내면에서 시작된 고통을 참기란 어려웠다.

소리가 들리지 않았다. 아무 소리도 들리지 않았다. 소리가 들릴 때쯤엔 이미 장례식을 준비하고 있었다. 어떤 사람이 이곳을 찾았는지, 어떤 상황이 벌어지고 있는지도 모른 채 장례가 마무리되고 있었다. 어머니의 죽음이 석연치 않다며 부검을 의뢰하기도 했다. 그 와중에 동생은 어머니 시신 앞에서 오빠가 받을 유산에 욕심을 내지 않겠다며 울고 있었다.

모든 상황이 꿈만 같았다. 꿈을 꾸고 있는 것만 같았다. 정신을 차려보니 어머니 고향이고, 정신을 차려보니 어머니 산소가 보이고, 정신을 차려보니 집이다. 어두운 집이다. 나 혼자 있는 집이다. 그 와중에 나를 걱정하는 사람들이 생각나 SNS에 올렸던 글을 살폈다.

"어머니! 제발 좀 쉬면서 살아요."
부지런한 우리 어머니.

새벽부터 일어나서 출근하시고,
퇴근해서도 꾸준한 산책과 운동에,
온갖 집안일 다 하시고,
잠시라도 집에서 쉬려 하면 온몸이 쑤신다며,
일을 만드는 어머니.

도봉산에 있는 도토리도 마구 쓸어 오시고,
도토리묵 만들어서 주변에 돌리기도 하시고,
우리 어머니 때문에 굶어 죽을 다람쥐들을
걱정해 보기도 하고….

인생을 돌아보면 고생밖에 없던 어머니,
자식들이 쉬라고 할 때 쉬지 않으시고,
이제야 어머니 맘대로 쉬겠다고 하시네.

자식들이 하라는 것들에 반대로만 하시니
어머니가 진정 청개구리 아니요?

어찌 됐든, 고향 땅에 묻히고,

하늘에서 자식들을 기다릴 테니,
아들은 마음을 편히 가지렵니다.

"우리 어머니 이제야 좀 편히 쉬겠네."

선생님은 쓰러지지 않는다

장례가 끝나도 해야 할 일은 많았다. 은행마다 찾아다니며 어머니 계좌를 정리하고, 어머니가 가입했던 여러 보험사에 연락해서 보험금을 수령해야 했다. 이 모든 일들을 동생과 같이해야만 했다. 다행히도 동생은 돌아가신 어머니 앞에서 말한 것처럼 아무 욕심을 드러내지 않았다.

동생이 결혼할 당시, 어머니는 가지고 있던 집을 팔아 동생이 살 집을 마련하는데 보태주었던 과거가 있다. 이미 도움을 받아서인지 동생은 별다른 욕심도 내비치지 않았고 오히려 내가 보험금을 수령할 수 있도록 도와주었다. 동생이 고마웠다. 이렇게 나를 배려하는 모습에 감동을 받은 것은 물론이다.

그런 동생에게 무언가 해주고 싶었다. 그래서 말했다. 보험금이 얼마가 됐든 수령하게 되면 60%를 주겠노라고. 그런데 보험금은 많지 않았다. 어머니 살아계실 때 열심히 돈을 퍼붓던 보험은 큰 도움이 되지 못했다. 어머니의 병명은 '재생 불량성 빈혈'로 보험금이 적용되는 어떠한 사항에도 해당되지 않았다. 해당되더라도 100~200만 원 정도를 수령하는 것이 고작이었다. 그 돈은 어머니가 사용하던 마이너스 통장을 해결하는 것에 전부 써야만 했다.

더 이상 보험금을 수령할 곳도 남아있지 않았다. 보험금을 수령할 수 있는 회사가 한 군데 남았을 때, 동생은 초조해 하기 시작했다. 보험금이 많이 나올 것이라는 나름의 기대를 하고 있었던 것 같다. 그런데 보험금이 예상보다 적게 나올 것 같으니까 동생은 태도를 바꾸기 시작했다.

"오빠, 아무리 생각해도 이건 아닌 것 같아."

동생은 나에게 돈을 요구했다. 보험금은 물 건너 간 것이나 다름없으니, 오빠가 아파트를 갖는 대신 돈을 달라는 거다. 나는 동생이 요구하는 금액의 돈이 없었다. 돈이 없다고 하니 닦달하기 시작했다. 돈을 어떻게든 마련해주지 않으면 소송을 걸어 유산의 50%를 가져가겠다고 말했다. 동생은 어머니가 가지고 있던 집만 생각했는지도 모른다. 하지만 유산은 그것이 전부가 아니다. 지금까지 받았던 보험금과 자잘한 돈들을 전부 내 명의로 받았기에, 집값에 그 금액들을 전부 더한 후, 50%로 나눠야만 한다. 그 말인즉, 집을 팔아서 돈을 마련하지 않으면 동생이 요구하는 금액을 맞춰줄 수 없는 상황.

나는 동생을 이해시키려 노력하고 설득했지만, 한 번 태도를 바꾼 동생은 막무가내였다. 집을 팔든 대출을 받든 그 돈을 마련해 달라고만 했다. 어떻게든 소송을 막아야 했다. 소송이 걸리면 나는 어머니 집을 팔고 서울을 벗어난 곳에 따로 전세를 구해야만 한다.

괴로웠다. 하나님께 한탄을 쏟아냈다. 어머니를 데려간 것만으로 부족하셨냐고 물었다. 그러나 그것도 잠시, 나는 모든 것을 포기해야겠다고 생각했다. 어머니가 남겨주신 집이 날아가더라도 그것이 하나님 뜻이라면 어쩔 수 없다는 생각을 했다. 그때다. 그때쯤에 마지막 남은 보험사에서 연락이 왔다. 적을 줄 알았던 사망보험금이 생각보다 많았다. 그 돈이라면 동생이 원하는 금액에 얼추 맞출 수 있을 것만 같았다.

나는 동생을 만나 사정을 설명하고 요구하는 돈의 80%를 먼저 줄 테니 모자란 금액은 다음에 받으면 어떻겠냐고 제안했다. 동생은 떨떠름한 표정을 지었다. 나는 동생을 설득하기 위해 가져온 통장을 보여주었다. 보라고. 정말로 이 돈이 전부라고. 그랬더니 동생은 통장에 있는 돈에 100만 원 단위까지 모두 달라고 요구했다. 나는 생계가 걱정됐다. 그래서 동생에게 사정했다.

"오빠가 여유를 가질만한 금액 정도는 남겨줬으면 좋겠어. 너도 알다시피 오빠 월급이 너무 적잖아. 200~300만 원 정도면 충분할 것 같으니까 그것만이라도 좀 남겨줘."

아이들을 가르치기 시작한 지 이제 겨우 2달을 채워가던 당시, 내가 한 달에 벌어들이는 수입은 80만 원 정도에 불과했다. 돈을 벌겠다고 들어간 회사도 아니고, 좋아하는 일을 하겠다고 들어간 회사에서 그 이상의 수입을 바라지도 않았기 때문에 벌어진 일이다. 그러한 내 상황을 동생이 이해할 리 없었다.

"아니, 오빠는 뭘 해도 먹고 살 수 있는 사람이잖아. 결혼도 안 해서 오빠 혼자뿐이고. 나는 결혼해서 가정이 있고 아이가 둘이나 있는데 불쌍하지도 않아? 100만 원 단위까지 다 주지 않으면 소송할 거야."

동생은 단호했다. 정말 냉정했다. 동생의 무지가 너무나 무서웠다. 그리고 결심했다. 혼자가 되어야겠다고. 철저하게 혼자가 되어 아무도 믿지 않고 나를 위해 살겠노라고.

나는 통장에 있는 돈에 100만 원 단위까지 동생의 통장으로 모두 계좌 이체하고, 나머지 금액을 언제까지 주겠다는 계약서까지 작성한 후에야 동생에게서 벗어날 수 있었다.

아파트로 돌아온 나는 고지서를 확인했다. 아파트 관리비가 밀려 있었다. 통장에 있는 돈보다 많은 금액이다. 그 숫자를 바라보는데 서러움이 밀려왔다. 다리에 힘이 풀리고 손이 떨려왔다. 겨우겨우 엘리베이터를 타고 집으로 가서 현관문을 열었다. 집안에 들어서면서도 불을 켜지는 못했다. 집에 불이 켜진 것을 보고 왠지 모르게 이상한 사람들이 찾아와서 집에 있는 것들을 가져갈 것만 같았다. 익숙하지 않았던 어둠도 점차 익숙해지기 시작했다. 어둠은 나쁘지 않았다. 아니 오히려 좋았다. 쉴 새 없이 흐르는 눈물을 가릴 수 있어서 좋았다.

마음 놓고 울었다. 눈물을 펑펑 쏟아냈다. 그리고 기도했다. 감사하다고. 이 정도로 마무리할 수 있게 해주셔서 너무나 감사하다고. 동생 이야기를 기도에 담지는 않았다. 동생만 생각하면 온갖 범죄들이 떠올랐다. 뉴스에서 봤던 모든 범죄를 내 손으로 이룰 수 있을 것 같았다. 그 생각을 기도에 담을 수가 없었다. 나의 그런 모습을 하나님께서 좋아하실 리 없다고 생각했다.

얼마나 많은 눈물을 흘렸을까? 눈물은 도저히 멈출 생각을 하지 않는다. 그동안에 살면서 어머니와 있었던 수많은 일들이 세세하게 떠오르기도 하고, 추억을 그리다가 사라지기도 했다. 하루에도 수십 번, 아니 수백 번 어머니가 되살아나고 죽었다. 어떤 추억을 떠올려도 그 추억의 마지막은 어머니의 죽음이다. 그러다가 동생이 생각난다. 그때면 온갖 범죄로 동생 가족을 괴롭히는 상상을 했다. 하루에도 몇 번씩 칼이 있는 부엌으로 발걸음을 옮겼다. 저 칼만 있으면 동생에게 복수할 수 있다는 생각이 들었다. 그러나 실행에 옮기지는 못했다.

내가 가진 종교 때문이다. 종교를 떠올린다는 것은 그나마 제정신일 때 가능한 일이다. 종교를 떠올리지 못할 정도로 미치게 되면 자살을 떠올리게 된다. 아파트 창문을 열고 아래를 내려다보며 뛰어내리면 그만이라는 생각을 한다. 물론 그 또한 실행으로 옮기지는 못했다. 자살은 하나님이 가장 싫어하는 행위이기 때문이다. 내 생명이 하나님의 것이라고 믿는 자가 목숨을 소중히 여기지 않은 채 함부로 버리면, 천국에 가지 못한다는 사실을 너무나 잘 알고 있었다. 이렇게까지 목숨을 이어왔는데 천국에 가지 못한다고 생각하니 억울하다. 그러다가 화가 났다. 내 목숨도 마음대로 못하는 것에 화가 났다. 마음내로 죽지 못하는 것에 한탄했다. 그것은 고통이다. 그 고통이 날마다 무한히 반복됐다.

어두운 집에서 목 놓아 울다가 시간을 확인하면 밤 12시가 넘고 새벽 2시가 된다. 그러면 나는 부랴부랴 책을 폈다. 아이들을 생각해서다. 천진난만한 아이들의 얼굴이 생각난다. 눈물은 멈출 기미를 보이지 않는데 내 손은 책을 펴고 있다. 책의 글자가 울렁거리며 눈에 들어온다. 휴지를 꺼내 눈물을 훔쳐내고 글을 읽었다. 글을 읽으면서 또다시 눈물을 훔쳐낸다. 나로 인해 아이들이 피해를 입을 수는 없다고 생각했다. 내가 무너지면 아이들 교육이 엉망이 되는 것은 당연하다. 어머니가 병환 중에서도 강조하셨던 책임이 떠올랐다. 어머니는 아들이 선생님인 것을 늘 자랑스럽게 여기지 않으셨던가?

날이 밝아 회사로 향했다. 평소와 다름없이 웃는 얼굴로 선생님들과 인사를 나눴다. 그 후에 수업을 준비했다. 점심시간에는 식당으로 향했다. 예전에는 신경도 쓰지 않던 메뉴판의 숫자를 바라본다. 카드로 계산하면 빚이 될 숫자다. 점심 먹기를 포기하고 저녁을 먹기로 결심했다. 아이들 수업시간이 다가오자 수업지로 이동했다. 그리고 걸었다. 그곳에서 소녀를 만나게 되리라고는 예상치 못했다. 내가 가르치던 소녀다. 2주 만이다. 수업을 미루기도 하고, 어머니 장례를 이유로 무려 2주 만에 만난 소녀다.

한 달 전, 소녀와의 첫 만남은 썩 좋지 않았다. 그렇다고 소녀가 못생긴 것은 아니다. 예쁘다. 참으로 예쁘게 생긴 소녀다. 소녀는 친구들과 함께 수업을 받다가 큰 소리로 말했다.

"선생님 얼굴 보니까 수업하기가 싫어졌어요! 공부 안 할 거야!"

"무, 뭐라고?"

나는 당황해서 말을 잇지 못했다. 첫 만남에 이러한 반응이라니. 소녀에게 이유를 물었다.

"왜? 갑자기 내 얼굴을 보고 나서 왜 수업하기가 싫어졌는데?"

소녀의 대답은 의외였다.

"남자라서 싫어요!"

옆에 있던 친구들이 소녀를 거든다.

"얘는 원래 남자를 싫어해요."

사연이 있을 것 같았다. 그러나 물을 수는 없었다. 어찌 됐든 난 소녀의 기분을 신경 써야만 했다. 조마조마한 수업을 진행할 수밖에 없었다. 우여곡절 끝에 수업은 여러 날 반복됐다. 난 소녀가 수업에 재미를 느낄 수 있도록 노력했고, 소녀는 마음을 열어갔다. 웃는 모습도 자주 보게 되었다. 웃는 모습이 너무나 예쁜 소녀다.

그 소녀가 지금 눈앞에 있다. 하필이면 어머니 생각으로 가득한 이때에.

나는 웃었다. 평소보다 더 밝게 웃었다. 그리고 멀리서부터 손을 흔들며 소녀에게 다가갔다. 소녀는 가던 길을 멈추고 나를 바라봤다. 그렇게 바라보기만 했다. 어떠한 말도 없이 그저 내 눈을 뚫어져라 바라보기만 했다. 거리가 좁혀지자 소녀가 나를 향해 물었다.

"선생님, 안 슬퍼요?"

첫 마디부터 당황스럽다. 소녀의 말투는 여전히 직설적이다. 그래도 슬프냐고 묻는 것을 보니 어디선가 장례 소식을 들은 것 같았다. 아이들의 질문에는 힘이 있다. 그래서 가끔씩 솔직하게 대답하는 스스로에게 놀라기도 한다.

"왜 안 슬프겠어, 슬프지."

소녀가 다시 묻는다.

"많이요?"

"응, 많이."

소녀의 표정에는 변화가 없다. 그렇게 질문을 툭 던진다.

"그런데 왜 웃어요?"

눈물이 핑… 눈물이 핑 돌았다. 왜 웃느냐고? 정말, 왜 웃지? 나는 소녀가 보지 못하게 눈물을 닦아내며 말했다.

"음, 글쎄. 나도 잘 모르겠네? 아마도 네 얼굴 봐서 기분이 좋아졌나 봐."

소녀는 얼굴이 빨개졌다. 그 얼굴을 들킬까 봐 시선을 피하는 것처럼 보였다.

"치!"

고개를 '휙!' 돌린 소녀는 가던 길을 갔다. 그렇게 멀어져 간다. 소녀의 뒷모습을 바라보는데 미소가 흘러나온다. 이 작은 아이, 조그만 아이와 나눈 짧은 시간의 교감은 강렬한 스파크 처럼 내 기억에 자리 잡았다. 처음으로 슬픔을 나눈 사람이 저 작고 작은 소녀가 될 줄 누가 알았을까?

이후에 찾아간 유나의 집. 유나 또한 2주 만에 만난 탓인지, 아니면 선생님 사연을 알고 있어서인지 평소보다 조금 더 나를 배려하는 눈치다. 덕분에 수업 진행이 힘들지 않았다. 그렇게 수 업이 마무리될 무렵, 유나는 내 손을 잡아끌었다. 그리고 노란 색 형광펜으로 내 손톱에 자신의 이름을 써넣었다. '유나'

노란색으로 빛나는 글씨 때문인지, 유나의 마음을 느껴서인 지 어느새 마음은 따스해져 갔다. 위로다. 아이들에게 위로를 받고 있었다. 나도 모르게 목소리가 튀어나왔다.

"이 매력 덩이들 같으니라고!"

밀린 수업은 많았지만 내 마음대로 보강 일정을 잡을 수는 없 었다. 아이들의 가정에도 사정은 있으니까. 나에게 시간적 여유 가 생기더라도 아이들 가정에 여유가 없으면 보강 수업은 불가 능하다. 그래서 보강이 밀려있는데도 수업을 하지 못하고 집으 로 돌아오는 때가 종종 있다. 그렇게 일찍 집에 들어올 때가 있 었다.

"어디를 싸돌아다니다가 이제 기어들어 와?"

정신이 번쩍 들어 고개를 들었다. 현관문을 열자마자 어머니의 목소리가 들렸기 때문이다. 이내 눈에 들어온 건 역시나 나를 기다리는 어둠. 나는 곧 현실을 직시하고 머리를 숙였다.

불을 켰다. 오랜만에 켜는 불이다. 혹시나 어머니가 계실까 했지만 역시나 계실 리 없다. 주위를 둘러보며 우리 집에 이런 물건들이 있었다는 사실을 깨닫기 시작한다. 가방에서 책을 꺼냈다. 나에겐 오로지 아이들 생각뿐이다. 아이들에게 위로를 받은 후로는 더욱더 열심히 공부해야 한다는 책임감에 불타올랐다.

얼마나 시간이 흘렀을까? 현관문을 두드리는 소리가 들린다. 누구지? 동생일까 생각해서 주먹을 불끈 쥐었다. 이 집에 한 발짝이라도 들어오면 때려죽이고야 말겠다는 의지가 강렬했다. 오른 주먹을 들어 올리고 왼손으로 천천히 현관문을 열었다. 남자다. 어디선가 본 남자다.

"안녕하세요, 오랜만입니다."

아는 분이다. 내 명의로 가지고 있던 빌라에 전세로 살고 있는 분이다. 물론 전세로 받은 돈도 이미 동생에게 들어간 지 오래지만.

"어머님이 돌아가셨다는 소문을 듣고 몇 번 찾아왔는데 불이 꺼져 있어서요. 오늘은 이 앞을 지나다가 불이 켜져 있는 것을 보고 이렇게 방문했습니다."

손님을 거실로 모셨지만, 딱히 대접할 만한 음식은 없었다. 냉동실에 있던 커피믹스를 꺼내 타드리는 것이 고작이었다. 이런저런 이야기를 하다 보니 많은 이야기를 나누게 되었다. 특히 어머니가 별 도움이 되지 못하는 보험에 여러 가지 가입했던 이야기가 주를 이루었다.

어머니는 미련할 정도로 착하고 순진했다. 아버지가 돌아가신 후에는 어떻게 살아야 하나 걱정이 될 정도였다. 미모도 꽤 출중한 편이라 동네 남정네들의 접근도 많았는데, 나는 발정난 남자들을 정리하기 위해 양아치 짓을 꽤나 오랫동안 해야만 했다. 한동안 술에 취한 채 동네를 배회했다. 어머니께 다가오는 남정네들과 눈싸움하는 건 흔한 일이다.

남자들이야 대부분 그렇게 정리가 됐지만, 여자들은 다르다. 어머니에게도 친구는 필요하니까, 여자들에게까지 사납게 굴지는 않았다. 그래서인지 문제가 생기면 늘 어머니의 친구들로부터 시작되었다. 돈을 빌려주고 받지 못하는 상황들이 생기고, 전에는 보지 못했던 아줌마들이 찾아와서 물건이나 보험을 팔기 시작했다. 한글도 모르던 어머니가 계약서에 사인을 할 때면 나는 늘 불안한 마음을 감추지 못해 어머니를 말리게 되었다.

그러다 보니 어머니는 항상 내가 없는 자리에서 계약을 진행했고, 그로 인해 어머니와 다툼이 잦았다. 어머니 친구들을 만날 때마다 인상을 쓰게 된 것도 그런 이유에서다. 순진하고 고집스러운 어머니가 늘 불안했다. 이러한 이야기까지 시시콜콜하게 이야기를 나누니 대화는 도저히 그칠 기미가 보이지 않았다.

"제가 어려울 때 어머님 도움을 많이 받았거든요."

나는 그의 말에 고개를 들었다. 이미 알고 있었다. 그가 교회 일을 하는 사람이라는 것도 알고 있었다. 어머니는 신학교를 졸업하고 고생하던 아들 생각에 그를 도와주었다고 말씀하셨다. 비록 큰 도움은 아니지만 적어도 전세 부담은 조금 덜어드렸으니까.

어머니 장례를 치르는 동안에도 많은 분들에게 연락이 왔었다. 몇 주 전에는 다른 분에게 연락이 왔고, 며칠 전에는 또 다른 분에게 연락이 왔다. 그들 모두 한결 같이 말했다.

"제가 어려울 때 어머님 도움을 많이 받았거든요."

연락 오는 사람이 한두 명도 아니고 사연 또한 한두 가지가 아니었다. 어머니께 받은 은혜가 그리도 많았단다. 그렇게 답답하고, 불안하고, 불쌍하다고 생각했던 어머니한테 받은 은혜가 그리도 많았단다. 어머니가 그렇게 세상을 사셨단다. 어머니의 삶이 그랬단다.

나는 그날도 어머니 생각에 잠을 이룰 수가 없었다.

내가 어렸을 적 살던 동네에는 빌딩이 많지 않았다. 가장 많이 보이는 건물은 한옥이었고 시멘트를 바른 건물이라도 단층에 불과했는데 상가 건물이 그러했다. 우리 집은 상가 건물에 있었다. 왜냐하면, 우리 집이 세탁소였으니까. 그다지 부유한 집안이 아니었기에 작고 작은 방이 하나 딸린 세탁소에서 삶을 꾸려갔다. 조그만 세탁소에 동네 옷은 죄다 모아놓은 것 마냥 비좁아도 작은 방에 네 식구가 한 줄로 눕는 것이 가능했기에 부족한 것은 없었다.

나는 건물 밖에서 세탁소를 바라봤다. 구름이 짙어서인지 살짝 어두운 느낌은 들었지만 오랜만에 바라본 우리 집이라 그런지 정겨웠다. 미닫이문이 보인다. 알루미늄 문틀에 커다란 유리를 끼워 넣은 문짝에는 '세탁소'라는 글자가 빨간색으로 쓰여 있다.

'덜컥, 덜컥!'

문이 흔들린다. 누군가가 문을 열고 나오려는 것 같았다.

'드르르륵!'

순간적으로 문이 열리고 한 아주머니가 뛰쳐나왔다. 두 팔을 양쪽으로 벌린 채 가쁜 숨을 몰아쉬는 것을 보니 무척이나 화가 난 것처럼 보인다. 아주머니의 머리카락은 새하얗다. 검은색이라고는 찾아볼 수 없을 만큼 새하얀 머리 색이다. 나는 아주머니의 얼굴을 확인한 후에 깜짝 놀랄 수밖에 없었다.

'어머니?'

어머니다. 어머니의 얼굴이다. 어머니는 화가 잔뜩 난 채로 주변을 둘러봤다. 그리고 입을 크게 벌린 채 크게 소리쳤다.

-누구야! 누가 우리 아들 괴롭혀?-

놀랐다. 그 외침에 놀라고 말았다. 가슴이 내려앉을 만큼 큰 소리였다. 나는 눈을 떴다. 눈을 뜰 수밖에 없었다.

천장이 보인다. 햇살로 얼룩진 천장이 보인다. 잠에서 깬 것을 알 수 있었다. 무심코 눈을 닦았더니 물기가 느껴진다. 익숙하다. 최근에 너무 많이 흘렸던 그것. 그것이 눈물이라는 것을 깨닫는 순간 익숙한 손짓으로 눈물을 닦아낸다. 한동안 자리에서 일어나지 못했다. 그렇게 멍하니 천장만 바라봤다.

그때다. 알람이 울린다. 일어나야만 하는 시간이다. 나는 부랴부랴 자리에서 일어나 샤워를 하고 수업자료를 챙겨 집을 나온다. 수업지로 이동하는 지하철 안에서도 나는 여전히 넋이 나간 얼굴로 창문 밖을 바라봤다. 꿈에서 뵌 어머니의 모습이 머릿속에서 사라지질 않는다. 어머니는 왜 화가 나셨을까? 어머니의 머리는 왜 하얀색이었을까? 모르겠다. 아무것도 모르겠다. 아무리 생각해도 그 이유를 모르겠다. 단지 내가 확인할 수 있었던 건 한 가지다. 어머니의 마음. 어머니는 아들을 걱정하고 있었다. 그 아들이 힘들까 봐 꿈에서 나타나 나의 편이 되어주셨던 거다. 유일한 내 편. 세상에서 유일하게 나의 편이 되어주셨던 어머니. 어머니는 돌아가신 후에도 아들의 편이 되어주기 위해 꿈에서 모습을 드러낸 것이다. 그것만은 확실하다.

지하철에서 내린 후에는 버스 정류장으로 향했다. 버스를 갈아타고 몇 정거장 더 가야만 수업지에 도착할 수 있었다. 버스에 올랐다. 빈자리가 많았다. 난 등에 메고 있던 가방을 벗고 두 명이 앉을 수 있는 넉넉한 좌석에 여유로운 모습으로 엉덩이를 걸쳤다. 잠시 후 한 아저씨가 나타났다. 한쪽 팔에는 여자아이를, 다른 쪽 팔에는 남자아이를 옆구리에 낀 채 버스에 올랐다. 아저씨는 아이들을 내려놓고 버스비를 계산한 후에 내 앞좌석으로 이동했다. 그리고 두 아이를 자리에 앉히며 말했다.

"여기는 다른 사람들도 있으니까 조용히 해야 해. 알았지?"

아이들은 아저씨의 말을 듣지 못한 것 같았다. 어쩌면 '조용히'라는 말의 의미를 알지 못하는지도 모른다. 4살? 5살? 그 정도 나이로 보이는 아이들의 입은 쉬지 않았다. 말이 정말 많았다. 재잘재잘 떠드는 소리가 내 앞자리에서 귀가 아프게 들려왔다. 대화를 들어보니 두 아이는 서로 친구인 듯했는데, 여자아이가 대화를 주도했다.

"네가 얼만 줄 알아?"

음? 갑작스럽게도 남자아이한테 가격을 매기는 여자아이. 남자아이도 자신의 가치가 궁금한 듯 질문을 던졌다.

"얼만데?"

"2천 원."

남자아이의 가격은 2천 원이다. 나는 고민에 빠졌다. 이 나이 또래의 아이들에게 2천 원이라는 금액이 어느 정도의 가치가 있는지 계산하기 시작했다. 그 사이 남자아이는 잠시 망설이더니, 이내 여자아이의 기분을 해칠까 봐 조심스럽게 대답하는 것 같다.

"그래!"

잠시 동안 침묵. 남자아이는 여자아이의 얼굴을 살핀다. 그러더니 조심스럽게 말을 이어갔다.

"그런데… 2만 원으로 하자."

남자아이는 살짝 미소까지 보이며 말했건만, 여자아이는 단호한 표정을 지으며 큰소리로 외쳤다.

"안 돼!"

남자아이는 뭔가 더 말하고 싶은 표정이었는데, 말을 꺼내기가 쉽지 않은 것 같았다. 이내 한마디를 던졌는데 그다지 크지 않은 목소리다.

"왜?"

여자아이의 표정이 바뀌었다. 굉장히 무서운 무언가를 본 듯한 표정이다. 그 표정이 사뭇 진지해서 나조차 침을 삼키며 여자아이의 말에 귀를 기울였다.

"0(영)이 너무 많아."

남자아이는 시무룩해졌다. 고개까지 떨어뜨린 채 말이 없었다. 모든 것을 포기한 것처럼 보였다. 나는 2천 원과 2만 원 사이에 '0'은 하나 차이라고 말하고 싶었지만, 너무나 진지한 상황에 끼어들 생각을 못 했다. 2만 원이 되고 싶었던 2천 원짜리 남자아이는 그렇게 무너지고 말았다.

여자아이는 남자아이가 조용하자 이내 장난을 치기 시작했다. 심지어 지금까지 본 모습 중에 가장 밝아 보였다. 여자아이가 외친다.

"똥 기차!"

남자아이가 반응한다. 웃음을 억지로 참는 것처럼 보이기도 한다.

"으흐."

여자아이는 남자아이의 반응을 느낀 듯 말장난을 이어가기 시작했다.

"똥 버스!"

"으헤헤."

"똥 풍선!"

"크크크큭."

"똥 붕어!"

"푸하하하하하하하하하!"

남자아이는 참고 있던 웃음을 '똥 붕어'에서 터트리고 말았다. 그렇게 기분이 좋아진 듯했다. 두 아이는 세상을 다 가진 듯 행복해 보였다. 나 또한 두 아이를 바라보다가 어느새 미소 짓고 있는 나를 느꼈다. 오른손을 들어 얼굴을 만졌다. 손가락에 주름이 느껴진다. 웃고 있다. 내가 웃고 있는 것이 분명했다. 얼마 만에 웃는 것인지 모르겠다. 행복하다. 적어도 아이들을 바라보는 이 시간만큼은 행복하다고 확신했다.

내가 가르치는 아이들의 얼굴이 떠오른다. 아이들의 미소가 떠오른다. 행복을 가져다주는 마법이다. 단언컨대 세상에서 '천사'를 만날 수 있다면 어린아이의 모습일 것이라는 생각이 들었다. 단언컨대 천사의 소리를 들을 수 있다면, 그것은 아이의 '웃음소리'와 다르지 않을 것이라고 확신했다. 천사들이 내 옆에 있다. 행복도 내 옆에 있다. 나는 천사를 가르치는 선생이다. 행복할 수밖에 없는 처지에 있다. 그렇다. 나는 행복한 사람이다.

제 2 장

배려는 꽃을 피운다

배려를 배우다

"곤도사 쌤, 수업 지역을 더 받는 게 어때?"

수업을 더 늘리라는 말이다. 수업이 늘어나면 수입도 늘고, 일하느라 바빠서 여유도 줄어드니 어머니 생각에서 벗어날 수 있을 것이란 생각에 배려해준 것이다. 경제적인 상황이 좋지 않았던 탓에 하루 한 끼도 간신히 사 먹고, 잠까지 제대로 이루지 못해 건강까지 악화된 사실을 알고 있는 듯하다. 나름 잘 이겨내고 있다고 생각했지만, 주변에서 보기엔 걱정스러웠던 것. 이렇게까지 배려해주니 그 마음을 거절하기는 힘들었다. 그래서 수업을 받기로 했다. 그렇게 20여 명의 아이를 더 가르치게 되었다.

새로운 지역으로 수업을 나간 첫 날. 나는 지금까지 만나보지 못했던 특별한 아이를 만났다. 평범하지 않았다. 여느 아이들과는 많이 달랐다.

안데르센의 동화, '성냥팔이 소녀'로 수업을 준비했다. 그다지 어려운 내용은 아니다. 첫 수업치고는 무난한 수업을 예상했다. 우리는 각자의 책과 노트와 필기도구를 꺼내 책상 앞에 마주 앉았다. 내가 밝게 웃으며 인사를 건네자 아이가 씽긋 웃는다. 사전에 이미 이름을 알고 있었지만, 대화를 유도하기 위해 이름을 물었다. 이번에도 그냥 웃는다. 대답은 없어도 잘 웃는 아이라고 생각했다. 나는 노트에 있는 질문을 읽어주었다. 그런데 아이가 집중하지 못하는 느낌을 받았다. 읽던 것을 멈추고 아이에게로 시선을 옮겼다. 아이는 또다시 내 얼굴을 바라봤다. 노트를 보고 있어야 할 아이가 나를 바라보고 있었다. 나는 의아한 표정을 지으며 물었다.

"왜? 책이 재미없어?"

"…"

아이는 대답하지 않았다. 입술을 굳게 다문 채 오로지 내 눈만 뚫어지게 바라봤다. 나는 허리를 편 자세로 미소 지으며 물었다.

"아, 우리 호순이가 선생님한테 할 말이 있나 보구나? 이름이 호순이 맞지?"

"…"

호순이는 대답하지 않았다. 머리를 끄덕였을 뿐. 단 한 번 '씨

익!' 웃은 후에도 시선을 거두지 않는다. 그 눈은 오로지 나를 향하고 있을 뿐이다. 당황할 수밖에 없었다. 그러나 곧 정신을 차리고 말을 건넸다.

"책은 읽었니?"

이 수업은 아이가 미리 책을 읽어와야지만 가능한 수업이다. 미리 읽어온 책으로 노트에 있는 질문과 대화를 통해 글까지 쓰는 수업이기 때문이다. 그래서 수업을 하기 위해서는 반드시 책을 읽어와야만 한다. 그래야만 대화가 가능하다. 나는 호순이가 책을 읽어오지 않았을 것으로 생각했다. 그렇게 짐작했다. 책을 읽지 않은 아이들에게서 나타나는 현상이라고 판단했다. 책을 읽어오지 않았을 경우, 대부분의 아이들은 지금과 같이 수업 진행 자체가 어렵다.

호순이가 머리를 끄덕인다. 책은 읽었다는 뜻이다. 내 예상이 빗나간 걸까? 아니면 호순이가 거짓말을 하는 것일까? 책은 읽었지만, 수업은 하기 싫은 것일 수도 있다. 아니, 어쩌면 책을 건성으로 읽어서 내용을 기억하지 못하는 것일지도 모른다. 여하튼 호순이는 책을 읽었다고 했다. 책을 읽었다는 아이에게 책을 읽지 않았다며 닦달할 수는 없는 일이다. 그렇다면 내가 할 수 있는 질문은 하나.

"이, 책은 읽었구나? 재밌었어?"

"…"

호순이가 머리를 끄덕인다. 아무런 대답도 없이 그저 머리만 끄덕인다. 굳게 다문 입술은 여전하다.

"이상하다? 책을 읽었다면 이 문제를 풀지 못할 리가 없는데? 다시 한 번 문제를 같이 풀어볼까?"

호순이가 볼 수 있도록 노트를 거꾸로 펼치고 손가락으로 글자를 가리켰다. 호순이는 노트를 잠시 동안 바라보고는 이내 시선을 거둔다. 그러고는 다시 내게로 시선을 옮긴다. 호순이의 표정이 썩 좋아 보이지 않았다. 기분이 나쁜 것이다. 나는 순간적으로 호순이의 오른손을 바라봤다. 연필이 쥐어져 있었다. 그런데 이상하다. 모양이 이상하다. 뾰족한 부분이 위를 향하고 있다. 나는 그제야 몸을 뒤로 옮기며 호순이의 모습을 살폈다. 그렇다. 호순이는 연필을 거꾸로 쥔 채 나를 위협하는 자세를 취하고 있었다. 호순이가 날 적대시하는 것처럼 보인다. 마치 그 연필로 나를 찌를 것만 같은 자세다.

누군가가 나를 미워하는 것은 있을 수 있는 일이다. 살다 보면 내 노력과는 상관없이 적이 생기기도 하니까. 하지만 이번의 경우는 다르다. 내가 가르치는 아이가, 더구나 첫 만남에서 나를 미워한다고 생각하니 그렇게 놀랍고 당혹스러울 수가 없다. 순간 내 마음이 무너지고 말았다.

울컥!

눈물이 쏟아질 것만 같았다. 더 이상의 고난은 없을 것이라 생각했는데 새로운 고난이 찾아온 것이다. 나에게 왜 자꾸 이러한 시련이 닥치는지 이해할 수 없었다. 노력이 부족한가? 선생님 자질이 없나? 선생님이라고 불려도 되는 걸까? 온갖 질문들이 나를 공격하기 시작했다. 마음속으로 하나님을 몇 번이나 외쳤는지 모른다.

어머니가 없는 집이 생각났다. 어둠으로 가득한 집이 떠올랐다. 어둠 속에서 울고 있는 내 모습이 보였다. 이불을 쥐어뜯고 가슴을 쥐어짜며 괴로워했던 시간이 떠올랐다. 그런가? 이게 내 모습인가? 내 모습의 전부였던가? 그때다. 문득 그것이 전부가 아니라는 생각이 들었다. 어둠이 깔린 그 집에서 나는 분명 책을 들고 있었다. 하염없이 눈물이 흐르는데도 책을 펼쳤다. 흐르는 눈물을 억지로 닦아내며 책을 읽었다. 그렇다. 나는 언제나 아이들에게 부정적인 생각이 전염되지 않도록 최선을 다했다. 나의 고난은 나에게서 끝나기를 기도하고 기도했다. 그 고난이 아이들에게 전해져서는 안 된다.

나는 길게 한숨을 내쉬었다. 복받치던 감정도 안정을 되찾기 시작했다. 호순이는 여전히 내 눈을 바라보며 연필을 거꾸로 쥐고 있었다. 나는 호순이에게 천천히 말을 걸었다.

"아, 호순이가 연필 쥐는 법을 모르는구나? 자, 연필은 이렇게 쥐는 거야."

내가 연필 쥔 손을 보여주며 따라 해보라고 했지만, 호순이는 따라 하지 않았다. 여전히 연필을 거꾸로 쥐고 있었다. 얼굴을 보니 연필을 내려놓을 마음도 없어 보였다. 나는 두 손을 펼쳐 보이고 호순이와 대화를 시도했다.

"그래, 그럼 그대로 가지고 있어. 대신 선생님 질문에 대답만 해줘. 정말 아주, 아주, 아주 쉬운 문제야."

나는 책에 그려져 있는 '성냥팔이 소녀'를 가리키며 물었다.

"얘가 누군지 알아?"

"…"

호순이는 미소를 보였다. 스스로 생각해도 쉬운 문제라고 여기는 것 같았다. 하지만 호순이는 대답하지 않았다. 아무런 대답도 없었다. 그 순간 나는, 내가 모르는 호순이의 비밀이 있을지도 모른다는 생각이 들었다. 인수인계를 급하게 받느라 호순이에 대한 이야기를 제대로 듣지 못한 것은 아닌지 걱정됐다.

'혹시?'

호순이가 말을 못 하는 것은 아닐까 싶었다. 이 정도로 쉬운 문제조차 대답을 못 한다면 내가 생각하는 장애가 있는 것이 틀림없다고 생각했다. 시계를 바라봤다. 수업 종료까지 5분을 남겨두고 있었다. 나는 무리수를 두기로 결심했다.

"우리, 처음 만났는데 오늘은 공부하지 말까?"

호순이가 머리를 끄덕인다. 크게 끄덕인다. 표정도 밝다. 이렇게까지 밝은 얼굴을 가진 아이라는 사실이 놀라웠다.

"그럼 연필 내려놔."

나는 호순이가 연필을 내려놓는 것을 확인한 후에 지갑에서 명함 한 장을 꺼냈다.

"공부 안 하는 대신, 이 명함 한 장만 읽어줄래? 선생님이 들을 수 있도록 크게 소리 내서 읽어줘 봐."

테스트다. 이것조차 읽지 못한다면 100% 언어 장애가 있는 것으로 생각했다.

"기, 김… 저, 정…"

들린다. 호순이의 목소리가 들린다. 내 귓속을 울리는 그 음성은 분명 호순이의 것이었다. 호순이에게는 장애가 있는 것이 아니다. 하긴, 그러한 장애가 있었다면 애초에 회사로부터 그 내용을 전달받지 못할 리가 없었다. 그제야 나의 어리석음을 깨달았다. 나는 호순이가 명함을 다 읽을 때까지 기다렸다. 그리고 호순이가 명함을 다 읽자마자 박수를 치며 열광했다.

"짜식! 그럴 줄 알았어! 잘하면서! 이렇게 좋은 목소리를 가지고 있으면서!"

기뻤다. 정말 기뻤다. 첫 수업에서 아이의 목소리를 듣는 것이 이리도 기쁜 일이었는지 그전에는 미처 알지 못했다.

놀라운 일이 벌어졌다. 수업을 마치고 나오는데 호순이가 나를 앞지른다. 그리고 바닥에 놓인 내 신발을 찾아 내가 신기 편한 방향으로 정리한다. 그리고 더듬거리며 말을 한다.

"서, 선생님. 아, 안녕히 가세요."

감동이다! 이렇게 예쁜 아이였다니. 도대체 나는 20분의 수업 시간 동안 무슨 생각을 했던 것일까? 어떤 눈으로 호순이를 바라보고 있던 것일까?

호순이는 정말 예쁜 아이다. 수업시간이 되기 전부터 준비물을 꺼내놓는 것은 물론, 신생님이 도착하면 반갑게 맞아준다. 수업마다 음료가 준비되었는지 어머님께 확인하고, 준비되어 있지 않으면 스스로 나서서 챙기기도 한다. 무언가를 먹고 있을 땐 꼭 새것으로 선생님을 챙기고, 수업이 끝날 때는 신발을 편히 신을 수 있도록 늘 정리해 준다. 한번은 내 신발을 정리하는 호순이를 향해 제발 그러지 말라고 부탁을 했지만, 그 또한 몇 번의 부탁을 한 후에야 그만두게 할 수 있었다. 물론 호순이는 굉장히 아쉬운 표정을 지었다.

날이 갈수록 호순이의 친절함은 더해갔다. 첫 수업 때 연필을 거꾸로 쥐고 나를 위협하던 행동도 일종의 장난이었음을 알게 되었다. 호순이는 배려심이 깊은 아이다. 주변의 모든 인물까지 배려할 줄 아는 착한 아이다. 그렇지만 그에 비해 학습은 더디 었다. 책상 앞에서 선생님을 마주하기 전까지의 행동은 굉장히 능동적이고 적극적이지만 막상 공부가 시작되면 열심히 하지 않는 것이 문제였다. 문제의 원인을 찾아야만 했다.

그 원인은 공부에 재미를 느끼지 못하는 것에 있었다. 말을 심하게 더듬는 호순이가 글을 읽는 것에 부끄러워하고 수치스러워하는 것이 그 이유다. 그러다 보니 자연스레 공부가 싫어지는 상황으로 보였다. 나는 호순이가 수업을 즐길 수 있도록 목소리 톤을 높이기도 하고 때로는 장난도 쳐 가며 수업을 진행했다. 덕분에 조금씩 나아지는 호순이의 모습을 지켜보게 되었다. 그러나 곧 새로운 문제가 발생했다.

내게 주어진 시간은 20분. 20분 안에 공부뿐만 아니라 어머님 상담까지 마쳐야만 한다. 대부분의 아이들이 그렇게 수업을 해왔고 반드시 그 시간을 지켜야지만 다른 아이들의 수업에도 늦지 않을 수 있다. 그렇지만 호순이는 어떠한가? 과연 학습이 느린 호순이도 20분 안에 수업을 하는 것이 가능했을까? 아니다. 불가능했다. 당연히 불가능하다.

학습이 느린 만큼 대책이 필요했다. 먼저 수업시간표를 펼치고 가장 여유 있는 시간대를 찾아 호순이의 수업시간을 변경했다. 그리고 호순이의 수업 이후에 있는 모든 수업을 조금씩 뒤로 미뤘다. 그랬더니 1시간가량의 여유가 생겼고, 호순이 수업을 30분, 때로는 40분으로 늘릴 수 있었다. 그래서 보다 여유롭고 즐겁게 수업을 진행할 수 있었다.

그러던 어느 날, 호순이와 수업을 마치고 자리에서 일어나는데, 여전히 사라지지 않는 고민이 머릿속에 자리 잡았다. 호순이가 수업에 재미를 붙이지 못하는 원인이 말을 심하게 더듬는 것 때문이라는 짐작은 하는데 그 문제를 해결할 마땅한 방법이 떠오르지 않았던 것이다. 내가 유일하게 할 수 있는 것은 호순이에게 자신감을 심어주는 것뿐이다. 자신감을 얻기 위해서는 나뿐만 아니라 주변에서도 많은 도움을 주어야 한다. 그런데 호순이 친구들이 행여나 호순이를 놀리기라도 한다면 자존감이 떨어지는 것은 순식간이라고 생각하니까 괜한 염려와 걱정을 하게 되는 것이다. 기껏 끌어올린 자신감이 순식간에 바닥으로 떨어질까 늘 노심초사(勞心焦思)했다. 한편으로는 논술교사인 내가 이러한 부분까지 신경을 쓰는 것이 쓸데없는 오지랖처럼 생각되기도 했다. 현관을 나가려는데 호순이의 노랫소리가 들린다. 어딘가에서 동요를 배운 듯하다. 호순이의 노래를 들어본 적이 없었기에 노래를 유심히 듣게 되었다. 그리고 새로운 사실을 하나 발견했다.

'어라? 박자가 틀리지 않네? 발음도 정확하고?'

평소에 말을 더듬던 호순이가 노래를 부를 때는 그 박자와 발음이 정확했던 것이다. 다른 수업에 늦어 서두르던 나는 일단 호순이 집을 나왔지만, 그날 밤, 집에 들어가서도 호순이가 노래 부르는 모습이 머릿속에서 떠나지를 않았다.

'말을 더듬는 버릇을 고치는 것이 가능한가?'

문득 그런 생각이 들었다. 말 더듬는 버릇을 고칠 수만 있다면? 그 버릇을 고친다면 공부에 흥미를 느끼게 되지는 않을까? 가능할 것 같았다. 호순이가 노래를 잘 따라 부르는 것만 봐도 그 버릇은 선천적인 것이 아니라 후천적인 것이라는 생각이 들었다. 시계를 봤다. 밤 11시. 누군가에게 연락하기에는 너무나 늦은 시간. 그러나 지금이 아니면 또다시 바쁜 일상 속에 지금의 의욕이 사라질까 봐 걱정됐다. 그래서 호순이 어머님께 문자를 하기로 결심했다.

'밤늦게 죄송합니다. 갑자기 궁금한 게 생겨서요. 혹시 호순이가 노래를 부를 때 잘 따라 부르던가요? 문자 확인하시면 천천히 답 주세요.'

문자를 보내고 나서 5분 뒤, 어머님의 답장이 왔다. 다행히 밤늦은 시간에 문자 받는 것을 불쾌하게 여기지는 않으셨다.

'노래 부르는 거 겁나게 좋아하죠.'

'따라 부르는 건요? 더듬거리지는 않던가요?'

'더듬거리지는 않고요. 어물거리는 건 있어요.'

나는 쾌재를 불렀다. 확인하고 싶던 것을 확인했기 때문이다. 어물거리는 건 있을 수 있다. 누구나 노래할 때 가사를 잘 모르면 그런 모습을 보이게 되니까. 그러나 호순이가 더듬거리지 않는다는 사실은 내가 기대하고 바라던 바다. 새로운 힘이 솟았다. 무엇이든 할 수 있을 것 같았다. 난 내 방에 있던 기타를 꺼내 기타를 연습했다. 호순이 어머님께 동의를 구하고 새로운 수업을 준비했다.

기타를 들고 나타난 선생님을 본 호순이는 눈을 동그랗게 뜨고 나를 바라봤다. 일단 수업부터 진행했다. 회사에 속해있는 몸이니 회사 커리큘럼은 모두 완수해야만 했다. 수업이 끝난 후, 나는 기타를 꺼내 들었다. 그리고 악보를 보여주며 같이 노래하자고 했다. 그 말에 호순이는 뛸 듯이 기뻐했다. 거실에 있던 동생까지 데려와서 함께 노래하자고 했다. 우리는 기타를 튕기고 악보를 보며 노래했다. 호순이도 호순이 동생도 모두 즐거워했다. 예상대로 말을 더듬거나 하지는 않았다. 어물거리는 부분이 있으면 반복하며 노래했다. 나는 확신했다. 노래가 호순이의 말 더듬는 버릇을 고칠 수 있을 것이라고. 하지만 이 수업은 오래가지 못했다. 내 일정이 너무나 빡빡했다. 새로운 아이들과의 수업이 자꾸만 늘어났다. 여유가 사라지자 더 이상 노래 수업은 하지 못했다. 나도 어쩔 수 없는 학습지 교사에 불과했다.

모든 사람이 쉬는 공휴일에도 우리의 수업은 이어졌다. 호순이 어머님께 미리 양해를 구하고 부족한 공부를 보강하기로 했다. 주위 사람들의 노력 때문인지, 본인의 노력 때문인지는 알 수 없으나 말을 더듬는 버릇도 점차 나아져 갔다.

평소처럼 호순이 방으로 들어가 책상 위의 책을 펼쳤다. 호순이가 밝은 표정으로 들어온다. 호순이가 나를 얼마나 좋아하는지 알 수 있었다. 자리에 앉은 호순이는 열심히 공부하겠다는 의지를 불태우며 눈을 부릅떴다. 내가 묻는 질문에도 힘차게 대답했다. 그렇게만 해주면 좋으련만 호순이는 5분을 채 버티지 못한다. 본인의 의지와는 상관없이 눈이 저절로 감긴다. 내가 호순이의 이름을 부르기도 하고 혼을 내보기도 하지만 또다시 부릅뜬 눈은 이내 다시 감기기 시작한다. 책을 볼 때면 늘 그렇다. 책에 있는 글자에 수면제라도 탄 것처럼 호순이는 글만 보면 잠에 빠져들었다.

"호순아, 도대체 왜 그래?"

"…"

호순이는 대답 대신 허리를 꼿꼿이 펴며 눈을 똑바로 뜬다. 공부를 하겠다는 의지를 행동으로 보여주려는 것이다. 그렇지만 눈은 책으로 향하지 않는다. 책을 피한다. 글씨만 보면 졸리니 그럴 만도 하다. 나는 가슴을 두드리며 호소했다.

"호순이가 공부를 열심히 해야 학교에서도 공부를 잘할 수 있는 거야."

가만히 있던 호순이가 내 말에 입을 열었다.

"공부는 잘해서 뭐해요?"

의외의 질문에 깜짝 놀란 나는 대답했다.

"잘해서 뭐하냐고? 잘해야 학교에서 시험도 잘 보고 친구들도 놀리지 않지."

공부를 잘해야만 하는 이유에 대해서는 1시간 이상 열변을 토해도 부족하다. 그러나 상대는 초등학생. 초등학생이 알아들을 수 있을 정도로만 설명을 하려니 이것이 최선이었다. 내 말을 듣던 호순이는 시큰둥한 표정으로 다시 물었다.

"시험은 잘 봐서 뭐해요?"

"시험을 잘 봐서 뭐하냐고? 시험을 잘 봐야…."

"내가 시험을 잘 보면, 다른 친구가 시험을 못 보잖아요."

정적이 흘렀다. 동시에 나의 뇌도 멈추고 말았다. 호순이가 무슨 생각으로 저렇게 말하는지 충분히 이해했기 때문이다. 호순이는 '성적'을 말하고 있었다. 자신의 등수가 오를수록 친구들의 등수가 떨어지는 것을 설명하고 싶었던 것이다. 호순이가 조곤조곤 말을 덧붙이기 시작하는데, 호순이가 이렇게 말을 많이 하는 것은 처음 있는 일이다.

호순이는 착하다. 정말 착하다. 그래서 배려심이 깊다. 배려심이 깊다 보니 자신이 시험을 잘 봐서 친구들의 등수가 떨어지는 것도 싫고, 친구들이 놀리더라도 자신은 아무렇지 않으니 걱정이 없다는 것이다. 그 말을 듣고 나서는 더 이상 할 말이 없어졌다. 이 녀석과 어떻게 공부를 해야 할지 고민만 쌓여갔다.

나는 늘 아이들에게 남을 '배려'할 줄 알아야 한다고 가르쳤다. 그래야만 공부를 잘할 수 있다고 믿어서다. 대화를 할 때도 상대방이 잘 이해할 수 있도록 배려하면서 말을 하고, 글을 쓸 때도 글을 읽는 사람의 입장에서 잘 이해할 수 있도록 배려하면 좋은 결과물이 나오는 것은 당연하다고 믿었다. 그에 따라 학습 능력도 성장하게 될 터.

결국, 내가 말하는 '배려'는 공부를 잘하기 위해서였는데 호순이는 다른 사람을 위해 순수한 마음으로 '배려'하는 인생을 살고 있었던 것이다. 놀라운 일이다. 나는 호순이를 통해서 진정한 배려를 배우고 있었다. 내가 말하고 가르치던 '배려'가 부끄럽게 느껴질 정도다. 그렇다고 호순이가 이대로 살아가는 것을 바라지는 않았다. 이렇게까지 남을 배려할 줄 아는 착한 아이들이 좋은 교육을 통해 더욱 성장하기를 간절히 바랐다.

나는 집중 못 하는 호순이를 붙들며 글을 읽어주기도 하고, 직접 읽어보게도 하고, 수시로 질문도 던지고, 글도 쓰게끔 했다. 물론 호순이는 딴청 하느라 바쁘다. 여전히 공부하기는 싫은가 보다. 어차피 공휴일이기도 하고 호순이만을 위해 보강을 잡았던 터라 시간적 여유도 많아서 그냥저냥 기다리며 호순이를 격려하고 있을 때다. 문득 뇌리를 스치는 생각이 있었다.

'아! 내가 포인트를 잘못 잡고 있던 것은 아닐까?'

단둘이 하는 수업에서 아이가 수업에 집중하지 못한다면 이유를 막론하고 선생님 잘못이다. 아이가 집중 못 한다고 탓할 게 아니라 나에게서 문제점을 찾아야만 했다. 일단은 호순이가 수업에 흥미를 느끼지 못하는 것에 집중했다.

'교감?'

호순이와의 교감이 제대로 이루어지지 못한 것은 아닐까? 그동안 호순이가 날 좋아하는 것만 보고 충분한 교감이 이루어졌다고 생각했는지도 모른다. 실상은 그러지 못했는데 말이다. 그 증거가 '대화'다. 수업시간을 충분히 확보했다고는 하지만 회사 일정에 쫓겨 수업을 진행하다 보니 호순이와 충분한 대화를 하지 못했다는 결론에 도달했다. 교감이 온전하게 이루어졌다면 우리의 대화는 자연스러울 수밖에 없다. 그러나 호순이가 공부를 왜 하냐고 질문했던 순간을 떠올려보면, 나는 '호순이가 이렇게 말을 많이 하다니!'라는 생각을 하지 않았던가. 호순이가 말을 잘할 수도 있다는 사실을 몰랐던 거다. 그동안 우리가 수업 중에 대화를 많이 하지 않았다는 증거이기도 하다. 그로 인해 교감이 충분히 이루어지지 못했음을 깨닫게 되었다.

나는 호순이의 교육방법을 바꿨다. 온전한 교감이 이루어지기 위해서는 대화를 많이 해야만 한다고 생각했다. 나는 호순이의 책을 덮었다. 그리고 연필도 내려놓게 했다. 지금부터 수업을 말로만 하겠다고 했다.

"우와!"

역시나 환호한다. 호순이의 반응은 이미 예상했다. 이제부터는 내 모습을 바꿔야 한다. 엄청난 수다쟁이로.

나는 시시때때로 호순이가 내 눈을 바라보도록 요구했다. 그리고 책의 내용을 이야기하며 대화를 이끌어냈다. 호순이가 반응을 보이면 템포를 조금씩 빠르게 하여 다른 곳으로 시선을 돌리지 못하게 했다. 시간이 지날수록 내 말의 속도는 점점 더 빨라졌다. 완벽하게 수다쟁이로 변신할 수 있었다. 내가 수다쟁이로 변하자 호순이도 긴장하기 시작했다. 내가 묻는 질문에 얼떨결에 대답을 한다. 물론 엉뚱한 대답이 나올 때면 현란한 질문 기법을 통해 주제에서 벗어나지 않게 유도하는 것을 잊지 않았다.

이렇게 수업방식을 바꾸니 호순이가 내 의도대로 잘 따라온다. 공부가 되는 것을 확실하게 느낄 수 있었다. 조금 염려가 되는 것은 글로 쓴 것이 없으니 눈에 보이는 결과물이 없다는 것인데, 이 부분에 대해서 어머님과 상담을 하고 나니 큰 문제가 없었다. 호순이가 수업에 관심을 가지고 흥미를 느끼게 하는 것이 무엇보다 중요했다. 호순이 어머님도 내 의도를 충분히 이해해 주신 것이다.

아이가 공부에 흥미를 느끼고 재미를 느끼기 시작했으니까 절반의 성공은 거둔 셈이다. 하지만 그것으로 끝나면 교육은 완성되지 않는다. 말로써 '대화'하며 공부를 하더라도 조금씩 글을 써서 익히는 연습은 필요했다.

아이가 힘들어하면 지켜보는 사람도 힘들다. 가족이라면 더욱 그럴 것이다. 선생님의 입장도 마찬가지다. 내 아이가 맨발로 가시밭길을 걸어 고난을 받으려 한다면 그 모습을 지켜볼 부모가 어디에 있을까? 또, 그 모습을 지켜볼 선생님은 누가 있을까? 나는 아이의 멱살을 잡아 올려서라도 가시밭길이 아닌 꽃길을 걷게 하고 싶은 거다. 때로는 아이가 힘들어하고 떼를 써도 조금씩, 조금씩 세상에서 적응하는 법을 알려주는 것이 선생님의 책임이라고 생각한다. 이러한 선생님을 좋아해 주고 따라주는 호순이가 너무나 고마웠다.

회사는 내 시간표를 보고 말이 많았다. 조금만 짜임새를 바꾸면 새로운 수업을 더 받을 수 있는데 왜 이 시간표를 고집하는지 이유를 모르겠다고 했다. 수업신청이 계속 들어와도 내가 받을 수 없다고 하니 회사 입장에서는 답답할 지경에 이르렀다. 솔직하게 말을 할까도 생각해봤지만, 회사가 이해하지 못할 것 같아서 말하지 않았다. 아이들에게 더 집중하겠다며 마음대로 시간을 정하고 새로운 수업신청까지 거절하는 선생님을 그들이 이해할 리 없었다. 수업을 더 받아야지만 회사도, 선생님도 수입이 늘어날 텐데 의도적으로 수입을 늘리지 않는 사람을 무슨 수로 이해할 수 있을까?

나는 수입을 걱정하지 않았다. 돈이 중요하지 않았다. 나이를 먹을수록 그러한 마음가짐은 더욱 커졌다. 돈에 욕심을 부렸을 때 어떠한 일이 벌어지는지 누구보다 잘 이해하고 있었다. 더불어 아이들과 관련된 교육 문제라면 지금과 같은 생각은 더욱 흔들림이 없어야 한다고 생각한다.

그래서 나는 내 수업시간표를 고집했다. 호순이 수업시간 이후로는 수업신청을 받을 수 없으니 다른 요일, 다른 시간대에 들어올 수 있다면 들어오고, 그럴 수 없다면 수업을 받을 수 없다고 했다. 그럼에도 시간표는 알아서 빈자리를 채우기 시작했다. 수업료도 그만큼 늘어서 경제적인 상황도 안정권에 이르렀다.

어느 날, 결혼한 지 얼마 안 된 새색시 팀장님에게서 연락이 왔다.

"선생님!"

"네, 팀장님."

"그거 알아요?"

"뭐요?"

"이번 달, 전국 교사 중에 선생님 실적이 '탑'인 거?"

"엥? 탑이요?"

"네, 1등."

"우와! 어쩌다 그렇게 됐대?"

"그러게."

팀장님은 나보다 한 살이 어리다. 그리고 누구보다 나를 잘 이해한다. 회사에서 가장 많은 이야기를 나누는 사람도 팀장님이다. 내 시간표가 이상한 이유에 대해서도 이미 알고 있었다. 나를 믿어주는 팀장님이 있다는 것은 참 많은 힘과 위로를 갖게 한다.

하루는 호순이 집에 도착해서 방으로 들어갔는데 이상한 점을 발견했다. 책이 보이질 않는 것이다. 어머님께 이야기를 들어 보니 책이 아직 도착하지 않았단다. 내 실수다. 교육에만 전념 하다 보니 상대적으로 자료를 챙기지 못해 호순이의 교재까지 챙기지 못한 것이다. 지쳤나 보다. 빡빡한 일정을 겨우겨우 소화 하다 보니 지쳐있었던 것이 분명하다. 조치가 필요했다. 눈에 보 이는 확고한 조치를 통해 어머님과 호순이가 선생님에게 실망하 지 않도록 해야만 했다. 나는 호순이 어머님께 죄송하다고 말한 후에 어머님이 들을 수 있는 거리에서 팀장님에게 전화를 했다.

"팀장님, 저예요."

"네, 무슨 일이세요?"

"제가 지금 호순이 집에 왔더니 교재가 안 보이는 거예요. 어 머님 말씀으로는 교재가 아직 도착하지 않았다는데 사실인가 요?"

"…"

팀장님은 아무런 말이 없었다. 아마도 '교재를 챙기지 못한 건 당신 잘못이잖아!'라고 생각하고 있는 듯했다. 그럼에도 상황을 파악하려 노력하는 것 같았다.

"이 정도는 회사에서 신경 좀 써주셔야 하는 거 아니에요?"

내 목소리가 평소보다 크고 진지하게 들리니 팀장님도 이런저 런 생각이 들었는지 조심스레 물었다.

"혹시, 지금 옆에 어머님도 계세요?"

"네."

어머님이 옆에 계시냐고 묻는 것을 보니 상황을 제대로 파악하고 있는 것 같았다. 그리고 팀장님은 내가 원하는 대로 답변을 해주었다.

"죄송합니다. 제가 조금 더 신경 써야 했는데 그러지를 못했네요. 제가 다음부터는 잊지 않고 잘 챙겨드리겠다고 말씀 전해주세요."

"네. 우리 호순이 잘 부탁드려요. 신경 좀 써주세요."

통화는 마무리됐다. 교재가 없다는 이유로 수업하지 못해서 곧장 집을 나온 것은 물론이다. 나는 다른 수업지로 이동하면서 부랴부랴 팀장님에게 다시 전화를 걸었다. 역시나 팀장님이 내 전화를 기다리고 있었다.

"아오, 팀장님 미안해요! 어머님이 옆에 계셔서 내 체면 차리겠다고 팀장님한테 막말을 퍼부었네요."

팀장님은 대수롭지 않다는 듯이 말했다.

"괜찮아요. 상황 다 파악하고 있었는데요, 뭘. 특히 호순이네 집이라는 이야기를 듣고, 선생님이 호순이를 얼마나 신경 쓰고 있는지 아니까 상황 파악이 빠르게 되더라고요. 대신 호순이 동생도 수업 만들어 주세요."

역시 만만치 않은 팀장님. 그 와중에도 실적 올리라는 말은 놓치지 않는다.

"팀장님한테는 늘 고마워하고 있어요."

"저도 알아요."

항상 나를 배려해주던 팀장님. 내가 잠시나마 전국에서 가장 높은 실적을 올릴 수 있었던 건, 어쩌면 팀장님의 노력 때문은 아니었을까 싶다.

사명

나는 드럼을 전공으로 실용음악학사 학위를 받았다. 드럼을 두드리던 놈이 언젠가부터 책을 쓴다며 소설가로 활동하다가 이제는 아이들을 가르치는 선생님이 되고 말았다. 비록 등단 못한 소설가에 학습지 교사일지언정 사명으로 생각하고 이렇게 노력하니, 주변인은 늘 나를 인정할 수밖에 없었다. 사명. 그렇다. 하나님이 내게 주신 명령이다.

고등학교를 졸업하고 친구들이 전부 대학을 갈 때, 나는 가정형편을 이유로 대학 진학을 포기했다. 당시에 공부를 못하지는 않았던 터라 친척들과 친구들이 극구 말렸지만, 난 하루라도 빨리 군대를 갔다 와서 열심히 일하고 돈을 벌어 어머니 고생을 덜어 드려야겠다는 계획을 세웠다. 그러나 군대에 가는 것이 쉬운 일은 아니었다. 전염성이 강한 '결핵성 늑막염'에 걸려 입대가 늦어진 것이다. 내 병이 완치되기 전에는 입대할 수 없다는 통지를 받았다.

갑자기 할 일이 없어진 나는 백수건달마냥 방황했다. 시간은 남는데 할 일이 없으니 미칠 지경이었다. 집에 있으면 어머니 눈치가 보여서 밖으로 나오고, 밖에서는 시간을 때우기 위해 돈이 필요했다. 그렇다고 언제 입대할지 모르는 상황에서 직장이나 알바를 구할 수도 없는 노릇이다. 집에 있기는 싫고 밖에서 시간을 때울만한 돈이 없던 내가 선택한 것은 교회를 찾아가는 것이었다. 교회에서도 딱히 할 일은 없지만, 간간이 목사님들 잡일을 도와드리거나 사무실 누나를 도와주다 보면 밥 정도는 당당하게 얻어먹을 수 있었다. 그렇게 몇 날 며칠을 보내던 중, 사무실 누나는 내게 심부름을 시켰다. 교회 지하실에 가서 물건을 찾아오는 일이었다.

교회 지하실은 식당으로 사용하는 공간이었는데, 누나가 말한 장소는 식당을 지나 한쪽 구석에 있었다. 그곳에서 사무실 누나가 말하던 물건을 찾던 중, 나는 생전에 보지 못했던 신기한 물건을 하나 발견했다.

'북?'

북이다. 심지어 TV 음악 프로그램에서나 봐오던 드럼의 일부분 같았다. 호기심이 발동한 나는 창고를 뒤져 드럼 한 세트를 모두 찾아냈다. 놀라웠다. 교회에 드럼이 있었다니. 그 당시 기독교는 보수적인 성향이 강해서 오르간이나 피아노 반주만 이용하며 찬양하던 때다. 내 마음을 두근두근하게 만들던 기타 반주는 행사 때나 듣는 것이 고작이었다. 그런데 드럼이라니! 우리 교회에 드럼이 있었다니!

나는 기대에 부풀어 내 맘대로 성가대 실에 드럼을 옮겼다. 몇 번을 오가야 하는 힘과 노력이 필요했지만, 그것은 전혀 문제가 되지 않았다. 문제는 그다음이다. 무작정 드럼을 옮겨놓긴 했는데, 드럼을 본 적도 없고 배운 적도 없으니 뭘 어떡해야 할지 몰랐다. 그 순간, 나는 신기한 경험을 하게 됐다.

"드럼을 쳐."

목소리다. 뚜렷한 목소리다. 분명히 목소리가 들렸다. 나는 주위를 둘러봤지만, 텅 빈 성가대 실에 있는 사람은 나 혼자뿐이었다. 창틀로 들어오는 햇살이 점점 밝아지는가 싶더니 모든 사물들이 선명하게 눈에 들어온다. 그러나 목소리의 주인공은 어디에도 없었다. 확신했다. 하나님이 내게 말씀하신 거라고. 자리에서 벌떡 일어난 나는 사무실로 향했다. 사무실 문을 벌컥 열고 들어가니 누나가 기다렸다는 듯이 말했다.

"야, 왜 이렇게 싸돌아다녀!"

나는 누나에게 다가가 중얼거렸다.

"누나, 우리 교회에 드럼이 있어요."

"드럼? 우리 교회에 드럼이 있다고? 드럼이 어디에 있는데?"

누나도 황당한 표정을 지었다.

"성가대 실로 옮겨놨어요. 내가 드럼을 쳐야 하는데 어떻게 해야 할지 모르겠어요."

"너, 드럼 칠 줄 알아?"

"아뇨."

"그런데 어떻게 쳐?"

"그러니까요."

누나는 잠시 고민하는가 싶더니 자신의 가방에서 드럼 교본한 권과 드럼 스틱 한 자루를 꺼내어주며 말했다.

"네가 책 보고 칠 수 있으면 쳐."

나는 이렇게 우연스러운 일들이 자연스럽게 이어지는 사실에 대해 놀라지 않을 수 없었다.

"누나는 왜 드럼 교본이랑 스틱을 가지고 있어요?"

"나? 한 달 전부터 드럼 배우고 있었거든."

나는 드럼 교본과 스틱을 받아들고 성가대 실로 돌아왔다. 그리고 책에 있는 사진을 보고 그 모양대로 세팅을 했다. 책을 넘기는데 내용이 어렵지 않았다. 책의 설명대로 스틱을 쥐고 음표대로 드럼을 때리니 얼추 리듬이 느껴졌다.

그날부터 미친 듯이 드럼을 치기 시작했다. 교회 사람들 중에는 실제로 내가 드럼에 미쳤다고 생각하는 사람이 있을 정도였다. 아침 7시 30분이면 교회에 나타나서 드럼을 때리다가 저녁 7시나 되어서야 집으로 돌아가는 나를 미쳤다고 표현하는 것은 당연한 것인지도 모르겠다.

2주 후, 이 드럼은 교회 본당으로 올라가게 됐고, 기타 반주와 함께 드럼 반주가 울려 퍼졌다. 내가 찬양팀의 일원으로 드럼 반주자가 되었다는 사실이 믿겨지지 않았다. 얼떨결에 교회를 대표하는 드럼연주자가 되고 말았다. 그렇게 시작된 나의 사역은 그야말로 날개를 단 것이나 다름없었다. 여러 교육 부서를 돌아다니며 드럼 반주를 하고 시시때때로 드럼을 가르치며, 주일학교 교사로 중학생과 고등학생에게 성경을 가르치기 시작했다. 나는 그때부터 선생님이 된 것이다.

그러기를 10여 년. 그 사이 군대에 갔다 왔고, 신학교에 들어가 드럼을 전공하기도 했다. 늘 공부하기를 쉬지 않았고, 가르치는 일을 게을리하지 않았다. 나를 찾는 사람이 많다는 것은 그만큼 활동 영역이 넓어지는 것을 의미한다. 때로는 공연장에서 공연을 하고, 때로는 고등학교에서 연극 지도교사로 활동했다. 모임이 생길 때마다 리더로 세워지고, 호주에서는 찬양전도사 자리를 제안받았다.

그러나 세상의 모든 문제가 그렇듯, 금전적인 문제에서 벗어날 수는 없었다. 나의 활동영역이 넓어지는 만큼 그에 상응하는 돈이 필요했기 때문이다. 문화 활동은 수입이 될 수 없었다. 직장이 필요했다. 그와 동시에 시간도 필요했다. 평범한 직장을 다니게 되면 회사에서 일하느라 문화 활동을 할 만한 시간이 주어지지 않는다. 특별한 직종이 필요했다. 돈과 시간을 모두 해결할 수 있는 직종이 필요했다. 그것이 '영업'이었다.

영업직은 다른 직종에 비해 시간적 여유를 만들어내는 것이 가능하다고 생각했다. 그러나 그것은 착각이었다. 큰 착각이었다. 영업은 생각만큼 쉽지 않았다. 영업을 잘하기 위해 다른 문화 활동을 전부 포기해야만 했다. 문화 활동을 하기 위해 시작한 영업이 오히려 그것을 하지 못하게 만든 것이다. 활동을 포기해야만 했다. 돈을 포기할 수는 없었다. 그럴 수밖에 없었다. 그 무엇보다 생계를 이어가는 것이 먼저였으니까. 그래도 하나의 활동은 포기할 수 없었다. 내가 영업을 하면서 할 수 있었던 단 하나의 활동, 글을 쓰는 것이다. 그래서 작가가 되었다. 낮에는 직장을 다니고 밤에는 글을 써서 작가가 된 것이다.

작가가 됐더니 잃었던 것을 하나씩 되찾기 시작했다. 그 시작이 바로 '선생님'이다. 다시 예전처럼 누군가를 교육하게 되었다. 이번에는 선생님이 '직업'이 된 터라 영업까지 내려놓을 수 있었다. 이전보다 더욱 강한 사명으로 아이들을 교육하게 되었다.

그런데 내 몸에 이상이 오기 시작했다. 큰 병은 없었지만 혼자 산다는 이유로 밥을 잘 챙겨 먹지도 못하고, 겨우 한 끼를 먹더라도 라면에 밥을 말아 먹기 일쑤니 현기증에 식은땀이 수시로 흘러내렸다. 밤만 되면 어머니와 동생 생각에 울부짖다가 새벽까지 수업 준비를 하느라 잠을 못 자서 무리가 심했던 것은 물론이다. 정말 이러다가 죽을 수도 있겠다는 생각이 들었다. 그런 생각을 심각하게 했던 때는 커피숍에서 공부할 때였다.

여느 때와 마찬가지로 교재를 챙겨 커피숍으로 갔다. 체력에 무리가 왔는지 몸이 떨리는 것을 느꼈다. 아이스 아메리카노를 하나 주문해서 빨대를 꽂고 빈자리를 찾았는데, 어디에 앉아야 할지를 몰랐다. 빈자리가 쉽사리 눈에 띄지 않았다. 이상하다. 테이블에 비해 사람들은 적은데 빈자리를 찾을 수가 없다. 이유인즉, 빈자리가 있더라도 근처에 누군가가 있으면 그 사람의 눈치가 보여 자리에 앉는 것이 불편했던 것이다. 그러한 자리를 피하고 주변에 아무도 없는 빈자리를 찾으니 찾을 수 있을 리가 만무하다.

결국, 창가 구석에 있는 빈자리로 가서 책을 펼치고 공부를 시작하는데 식은땀이 계속 흘러내린다. 얼마나 공부했을까? 어지러움을 느끼는 와중에도 생리 현상은 찾아왔다. 소변이 마려운 것이다. 이 커피숍에는 화장실이 2층에 있어서 계단을 올라가 반대편 끝에 있는 화장실로 가야만 하는데, 이상하게도 그곳까지 갈 용기가 나지 않았다. 화장실로 가는 동안에도 2층에 있는 모든 손님들이 나에게 큰소리로 욕을 할 것만 같았다. 아무 이유도 없이 말이다. 나는 그제야 나의 건강상태가 심각하다는 것을 깨달았다. 주위 사람의 시선이 신경 쓰이고 공공장소가 두려워지는 병, '공황장애'가 찾아온 것을. 나는 서둘러 교재를 챙기고 커피숍을 나왔다. 그리고 집으로 돌아가 마음 편히 화장실을 이용했다.

건강상태가 악화되니 모든 것이 불안하기만 했다. 특히 가을로 향하는 찬바람이 불어오자 정신이 붕괴되는 것만 같았다. 혼자 사는 것을 처음 경험한 나로서는 집안에 찬 기운이 깃드는 것이 그리도 무서웠다. 그러던 중에 연락이 왔다. 경찰서에서. 과거에 어머니의 죽음이 의료사고로 의심되어 병원을 고소했던 내용에 대한 결과가 나왔다고 했다.

의료분쟁중재원에서 병원의 자료를 조사한 결과, 사고에 따른 조치에 아무 이상이 없다고 판명됐다는 소식이다. 또한, 국립과학수사연구원에서도 부검을 진행한 결과에 대해 아무 이상이 없다고 하니 의료사고로 판단하기가 어렵다는 내용이다. 그냥 이렇게 무릎 수술을 하다가 사람이 죽을 수도 있다는 사실만 확인하게 된 것이나 다름없었다.

"어떻게 할까요? 고소를 계속 진행하실 건가요?"

나는 냉정하게 판단하기로 했다. 주변의 소문과 정보를 통해 병원 측에서 의료사고를 인정하는 경우가 거의 없다는 사실을 이미 알고 있었다. 설령 의료사고가 의심되더라도, 의료분쟁중 재원과 국립과학수사연구원에서 병원의 잘못이 없다고 판명된 마당에 무슨 일을 더 할 수 있을까? 승산 없는 싸움은 하고 싶지 않았다. 지금의 내가 이 분쟁을 끌고 가다가는 추가적인 타격을 받게 될 것이 분명했다. 이대로 내 인생을 망치게 될 것 같다는 생각도 들었다.

"아니요, 괜찮습니다. 소송을 취하하도록 하겠습니다. 그동안 수고 많으셨습니다, 형사님. 감사합니다."

통화를 마치고 전화를 끊는데 가슴이 끓어오르는 것을 느꼈다. 이것은 분노다. 분노가 나를 지배하기 시작했다. 분노가 내 몸을 지배하자 가만히 있을 수가 없었다. 뭐라도 해야만 했다. 하지만 시간적 여유가 없었다. 무언가를 하기엔 너무나도 부족한 시간이다.

나는 별 수 없이 수업지로 발걸음을 옮겼다. 1시간가량 이동하는 중에도 어머니 생각에 가만히 있지를 못했다. 지하철이든 버스든 빈자리가 있는데도 자리에 앉을 생각조차 못 했다. 목적지에 도착해서 버스를 내리려는데 불현듯 어머니의 얼굴이 보인다. 그 얼굴이 평온해 보이지 않는다. 억울한 기분이 든다. 어머니의 죽음이 억울하다고 생각하니 참고 있던 감정이 드디어 폭발하고 말았다. 뜨거운 눈물이 흘러내렸다. 버스에서 내리다가 눈물이 앞을 가려 발을 헛디뎠다. 휘청거리는 가운데 간신히 중심을 잡고 학생이 기다리는 집으로 향했다. 큰일이다. 수업지는 가까워지고 있는데 눈물이 멈출 기미가 보이지 않는다. 가슴은 쿵쾅거리고 머리는 어지럽다. 미칠 것만 같았다. 무언가를 해야만 했다. 나는 주머니에 있던 휴대폰을 꺼내 전화를 걸었다. 신호음이 울리고 그 사람이 받았다.

"팀장님?"

"네, 곤도사님."

"잠깐만. 그냥 잠시만 나랑 통화해줘요."

내 목소리에서 심각한 기운을 느낀 팀장님은 아무 말 없이 내 전화를 받아주었다. 마음이 좀 가라앉으면 상황 설명을 해주고 싶었지만, 좀처럼 안정이 되지 않으니 울먹이는 목소리로 통화할 수밖에 없었다.

"우리 어머니 부, 부검결과가 나왔는데… 아무 이상이 없데요. 아무 이상이 없데. 고작 무, 무릎 수술을 하다가 사람이 죽었는데, 병원에서는 아무 잘못이 없는데."

생전에 이렇게 눈물을 흘려본 적이 있던가? 눈물이 목구멍을 막는 바람에 목소리를 끄집어내기가 너무나 어려웠다. 겨우겨우 말을 이어갔다. 그러나 팀장님은 다 알아들은 듯했다. 그저 어떡하면 좋으냐고, 선생님은 괜찮으냐고 묻기만 했다. 내가 감정에 복받쳐서 말이 없을 땐 기다려주기도 했다.

"선생님, 수업이 불가능할 것 같으면 제가 대신 수업을 들어갈까요?"

이미 학생의 집 앞이다. 아직도 눈물은 멈추지 않았지만, 아이들 수업만큼은 해를 끼치고 싶지 않았다.

"아니에요, 제가 할게요. 내 아이들이니까."

팀장님은 역시 곤도사라며 칭찬하는가 싶더니 농담을 던졌다.

"그래요, 선생님이 하세요. 그래야 곤도사지. 그리고 친구도 좀 만들고. 얼마나 친구가 없으면 시집간 지 얼마 안 된 새색시한테 전화해서 질질 짜요."

"크크크큭."

웃었다. 덕분에 목 밑까지 차올랐던 감정도 가라앉기 시작했다. 나는 전화를 끊고 학생의 집 앞에 섰다. 그러자 거짓말처럼 눈물이 멈췄다. 오른손으로 주먹을 쥔 후, 가슴을 두 번 두드렸다. 그리고 초인종을 눌렀다.

그날의 수업도 무사히 마쳤다. 준비한 대로 수업을 진행했고 아이들도 수업을 잘 따라와 주었다. 집으로 돌아가는 밤길에는 많은 생각이 들었다. 과연 얼마나 더 오랫동안 내 감정을 추스를 수 있을까? 이러다 병이라도 난다면? 집에서 쓰러져 일어나지 못하는 상황이 온다면 아이들은 어떻게 되는 것일까? 날 믿고 수업만 기다리고 있는 아이들은 과연 누가 책임을 질 것인가? 이 고민은 어머니가 돌아가신 이후로 꾸준히 해왔던 터다. 그러나 더 이상 결심을 미뤄서는 안 된다고 생각했다. 나는 팀장님에게 전화를 걸어 수업을 더 이상 할 수 없다고 말했다. 오래전부터 내 상태를 알고 있던 팀장님은 한두 번 설득하다가 이내 포기하고 본부장님에게 보고하겠다고 말했다.

예상대로 수업을 그만두는 것이 쉽지만은 않았다. 팀장님과 본부장님이 번갈아가며 나를 회유하기도 했다. 팀장님과 본부장님보다도 아이들에게 미안한 마음이 컸다. 아이들의 부모님은 저마다 나를 붙들고 교육은 어떻게 되는 거냐고 물었다. 나는 새로 오는 선생님이 유능한 분이라며 부모님을 안정시켰다. 내 의사와는 상관없이 많은 소문이 돌기도 했다. 선생님이 유능해서 강남으로 간다는 소문도 돌고, 선생님이 결혼을 준비하느라 수업을 급하게 마무리한다는 소문도 돌았다. 어떤 아이는 자신을 포기했다며 눈물을 보이기도 했다.

직장을 다니다가 그만두게 되더라도 이만큼 힘들었던 적은 없었다. 직장을 다니면서 최선을 다했기 때문이다. 그러나 지금은 그때와 다르다. 최선 정도가 아니다. 그 이상의 노력을 다해 사명을 이루어왔다. 그런데 내 책임감으로 인해 아이들이 피해받는다고 생각하니 수업을 계속할 수는 없었다. 내가 더 망가지기 전에 아이들을 다른 선생님에게 맡겨야만 했다. 나는 마치 시한폭탄을 안고 있는 선생이나 다름없었다. 모든 계획이 마무리 되어가던 그때, 방송국에서 연락이 왔다. 기독교 방송국이다.

나는 선생님이 되기 전부터 라디오 방송을 계획하고 있었다. 당시에는 어머니도 살아 계셨고, 어머니는 작가인 아들이 책을 내더라도 읽지를 못하니까 라디오 방송이라도 들으면 아들이 무슨 일을 하는지 정도는 이해하실 수 있을 것이라는 생각도 했더랬다. 물론 그보다 앞선 목적은 하나님의 일을 할 수 있다는 것과 방송으로 드러나는 대외적인 활동을 할 수 있다는 매력 때문이었다. 그래서 기획한 프로그램을 방송국에 이야기해놓았고, 어머니가 돌아가신 후에는 정신이 없어서 그 사실을 잊고 있었다. 그런데 이제야 방송국에서 연락이 왔다. 방송을 해보겠느냐고.

내가 기획한 방송은 자녀 상담 프로그램이다. 언제 받았는지 기억조차 나지 않는 가정 상담 및 성 상담 자격증을 가지고 있던 것이 불현듯 나에게 용기를 주었다. 더구나 초등학생부터 중학생까지 논술을 가르치는 선생으로 아이들과 대면하던 경험까지 쌓았으니 나에겐 더할 나위 없이 훌륭한 무대라고 생각했다. 이미 회사 쪽에서는 퇴사를 진행하고 있던 터라 발목잡힐 만한 문제도 없었다. 그야말로 모든 것이 완벽했다.

회사를 나오니 시간적 여유가 생겼다. 신경 쓸 것이라곤 오로지 라디오 프로그램뿐. 라디오 방송을 진행하는 것이 재능기부였기 때문에 수입은 전혀 없었다. 그래도 걱정하지 않았다. 아이들을 가르치며 모아둔 돈도 조금 남아있었고, 용돈을 드릴 어머니나 월급을 뺏길 마누라도 없이 혼자 사는 총각이기에 돈을 쓸 일도 많지 않았다. 모아둔 돈은 별로 없어도 당분간 정신 요양하며 살기엔 넉넉했다.

무엇보다, 언제든 뭐라도 시작하면 얼마든지 수입을 만들어낼 수 있다는 자신감이 모든 걱정을 무색하게 만들었다. 12년의 영업 경력은 언제 어디서나 수입을 창출할 수 있다는 근거 없는 자신감을 나에게 안겨 주었던 것이다.

라디오 프로그램을 진행하면서 가장 좋았던 것은 다양한 사람을 만날 수 있다는 것이었다. 사람들은 저마다 각양각색의 경험을 하게 되는데, 특히 라디오에 출연하겠다는 결심을 한 사람이라면 그 사연이 매우 독특하기 마련이다. 그 독특한 사연의 주인공을 사전에 만나 인터뷰할 수 있다는 것은 나에게 큰 축복이나 다름없었다. 그만큼 내 생에 가장 값진 시간이었는지도 모르겠다.

그들과 이야기를 할 때면 2시간, 3시간, 때로는 6시간이 지나도 지루함을 느끼지 못했다. 비록 라디오에 나가는 이야기는 1시간뿐이지만, 사전인터뷰 당시에는 충분한 이야기를 나누기 때문에 본방송보다 사전인터뷰가 더 재미있었다. 그들의 이야기를 듣다 보니 자녀 상담 프로그램이 가정 상담 프로그램과 다르지 않다는 생각이 들었다. 그래서 자녀 상담 프로그램이라는 타이틀은 있지만, 내용을 수정하여 가정 상담으로 이야기를 풀어가기도 했다. 고민해보니까 그랬다. 어차피 우리는 모두 누군가의 '자녀'가 아니던가.

몇 달이나 지났을까? 모아둔 돈도 떨어지기 시작하고, 라디오 프로그램도 종영으로 향하던 그때, 나를 선생님으로 기억하고 있는 어머님들에게서 연락이 왔다. 개인 수업이라도 해주면 안 되냐는 부탁 때문이다. 여러 사람들을 만나서 인터뷰하고 대본을 만들어 라디오를 진행하던 중에도, 늘 밤만 되면 아이들을 위해 기도하던 내가 그 부탁을 거절할 리가 없다. 그동안 아이들을 몇 달간 보지 못했을 뿐인데도 마치 내 아이처럼 걱정이 되고, 보고 싶었던 터라 그러겠노라고 말했다. 그렇게 다시 만나게 된 아이는 2명. 나는 그 아이들에게 훌륭한 멘토가 되기로 결심했다. 덕분에 경제적인 부담도 조금은 덜 수 있었다.

개인 수업을 시작하자, 주변인을 통해 소개가 들어오기 시작했다. 아이들을 잘 가르치는 논술 선생으로 인지도가 넓혀진 덕분이다. 그런데 이것은 새로운 걱정을 낳았다. 이미 내가 가르쳤던 아이들이야 워낙에 얼굴이 밝히니까 수업을 하긴 했는데, 새로운 아이들까지 받아서 수업하려니 아이들이 부담스러워지는 것이다. 새로운 아이들이 늘어날 때마다 그만큼 커져가는 책임감이 나를 휘감았다. 너무나 광범위한 지역에 흩어져 있는 아이들의 위치도 문제가 됐다. 한 아이를 가르치기 위해 1시간 30분씩 이동하다 보니 체력적으로나 시간적으로나 낭비가 심했다. 하지만 아이들을 거절할 수는 없었다. 내가 돌봐야만 할 것 같았다. 그 아이들은 내가 아니면 안 될 것 같았다. 특히 그 아이는.

소리를 듣지 못하는 천사

"일반적인 아이들과는 조금 달라."

일반적인 아이들과 다르다. 그것은 무엇을 의미하는 것일까? 몸이 조금 불편할 뿐, 생각은 여느 아이들과 다르지 않다는 친한 누나의 말에 소개받은 아이를 만나러 갔다.

아이의 집에 도착하자 부모님께서 밝은 얼굴로 맞아주셨다. 늦은 저녁에 약속을 잡은 터라 아버님과 어머님 모두 계셨다. 그 옆에 한 아이가 보인다. 조금은 마른 체형. 살이 조금 더 붙었으면 좋겠다는 생각을 했다.

거실에 놓인 작은 책상 위에는 연필 한 자루와 지우개가 있었다. 아이가 자리에 앉는다. 조금은 긴장한 모습이다. 하긴 나처럼 덩치 큰 아저씨를 눈앞에 두고 긴장하지 않을 아이가 있을까? 나는 능숙하게 아이의 긴장을 풀어주기 시작했다. 이름이 예은이란다. 나이는 12살. 목소리가 이상하다. 약간 어눌한 느낌. 자세히 들어보니 어눌한 것보다는 발음이 명확하지 않은 것이 더 큰 문제로 보인다. 소리가 잘 들리지 않는다고 이야기는 들었어도, 발음에 이상이 있다는 이야기를 들은 것은 아니었기에 약간 놀란 것도 사실이다.

어찌 됐든 대화를 유도하며 예은이의 성향을 파악하고 그에 맞게 장난을 치기도 하면서 웃음을 이끌어냈다. 웃는 모습이 예쁘다. 역시 아이들은 활짝 웃을 때가 가장 아름답다. 그 모습이 마치 천사 같다.

가져온 가방에서 주섬주섬 자료를 꺼냈다. 내가 준비한 자료는 헬렌 켈러 이야기다. 예은이에게 글을 읽게 했더니 천천히 읽기 시작한다. 발음은 명확하지 않지만, 열심히 읽는 모습을 보니 기특했다. 자료를 다 읽은 후에는 예은이의 지적 수준을 파악하기 위해 준비한 질문들을 던졌다.

"앤 설리번의 교육방식은 어떤 것이었을까?"

앤 설리번의 교육방식은 헬렌 켈러가 뭐든지 '경험'하게 하는 것. 즉, 물을 만지게 하면서 '물'을 알게 하고, 책상을 만지면서 '책상'을 알게 하는 방법이다. 책에 나와 있는 내용이고, 이미 내용을 읽었던 터라 답을 기억하는 것은 어렵지 않았다. 그런데 예은이가 머리를 갸웃거린다.

"몰라요."

어려운 문제가 아니다. 더구나 책을 펴놓고 있었기 때문에 책만 다시 보더라도 금방 답을 찾을 수 있을 만큼 쉬운 문제였다. 포기가 빠른 것처럼 보였지만 섣부른 판단은 금물이다. 나는 예은이가 또다시 긴장했을 수도 있다고 생각했다.

"웅! 모를 수 있어! 어려운 문제였거든. 하지만 예은이가 답을 찾을 수도 있을 것 같아. 우리, 책에서 답을 한 번 찾아볼까?"

내가 손가락으로 가리키는 문장을 예은이가 읽기 시작한다. 그 문장은 답이 드러난 문장이다. 다 읽은 후에는 이 문장에 답이 있다고 알려주고 나서 똑같은 질문을 다시 물었다. 예은이가 대답한다.

"공부."

역시 원하는 대답이 아니다. 예은이는 내용을 이해하는 것도, 문제를 이해하는 것도 전혀 되지 않았다.

"그렇지! 공부! 맞아, 앤 설리번은 헬렌 켈러에게 공부를 가르쳤어! 잘하는데?"

답이 맞았다고 하니 예은이는 즐거워했다. 몸을 흔들흔들 움직이는 것을 보니 춤까지 절로 나오는 듯하다. 예은이가 자신감을 얻은 것을 확인하고 난 후에 난이도를 더욱 낮춰 질문하기로 마음먹었다.

"자, 이제 선생님이 또 질문한다? 헬렌 켈러의 선생님은 누구?"

매우 쉬운 질문이다. 초등학교 1학년 수준이면 맞출 수 있는 난이도. 그러나 이번에도 예은이는 대답하지 못했다. 머리만 갸우뚱. 이 정도면 글에 대한 이해가 전혀 되지 않는 것이 분명했다. 나는 준비해온 문제들을 모두 포기했다. 괜한 질문으로 예은이에게 혼돈을 줄 수 없었다.

수업을 서둘러 마쳤다. 사실상 수업이라기보다는 테스트였지만. 예은이는 기분이 좋아서 부모님이 계시는 방으로 뛰어갔다. 잠시 후, 어머님이 방에서 나오셨다. 그리고 상담을 기다리는 내게로 다가오셨다. 어머님의 얼굴엔 걱정 근심이 가득했다. 내가 무슨 말을 할까 걱정하는 눈치다. 나는 어머님의 표정을 살핀 후에 상담을 시작했다.

"예은이가…"

"네."

"…잘하네요."

뻔뻔한 거짓말이 보여서 그랬을까? 순간, 어머님의 웃음이 터지고 말았다. 나 또한 웃었다. 우리는 함께 소리 내어 웃었다. 첫 만남에, 첫 상담에 서로가 얼굴을 마주하며 소리 내어 웃었다. 그 웃음이 어머님에게 위로가 되었는지도 모른다. 한바탕 웃고 나니 솔직한 대화가 오갔다.

예은이는 선천적으로 귀가 잘 들리지 않는 아이다. 더구나 외동딸이다. 하나 있는 딸의 귀에 이상이 있으니 부모님의 마음이 어땠을지 짐작된다. 그래서 예은이에게 수술을 했다고 하셨다. 일명 인공와우 수술이라고 하는데, 인공와우를 달팽이관에다가 이식하는 수술로 보청기를 착용해도 청력에 도움을 받을 수 없을 경우에만 시술이 가능하다. 그렇게 인공적으로 소리를 되찾았으니 그 소리는 우리가 듣는 것과는 차이가 있을 것이라는 생각이 들었다. 예은이가 내 말을 잘 알아듣지 못하던 것도, 발음에 따라 맞춤법을 구별하는 것이 어려웠던 이유도 모두 이러한 문제 때문이었다.

"제가 전문가가 아니라서 잘 알지는 못하지만, 예은이가 듣는 소리와 우리가 듣는 소리에 차이가 있는 것 같아요. 그래서 글자를 명확하게 구분하는 것도 어려워하는 것 같고요. 소리가 명확하게 구분이 되지 않으니 명확하게 발음하는 것조차 어려운 상황 같습니다."

어디까지나 주관적인 견해다. 테스트를 진행하며 느낀 점을 이야기했더니 어머님도 인정하시기에 편하고 솔직한 심정으로 말을 이어갔다.

"혹시 예은이가 글을 쓴 공책이 있을까요? 예를 들면 일기나…"

"일기요? 있긴 있는데…."

어머님은 잠시 망설이더니 이내 결심한 듯 예은이의 일기장을 가져왔다. 나는 가장 최근에 쓴 일기를 확인했다.

"나는 책 11쪽을 읽었습니다. 나는 책 14쪽을 읽었습니다. 나는 책 17쪽을 읽었습니다…."

나는 더 이상 읽지 못했다. 더 읽어도 의미가 없었다. 이것은 일기라고 볼 수 없었다. 예은이의 생각은 전혀 담기지 않은, 그저 선생님이 불러주는 말에 따라 '받아쓰기'를 했다고밖에는 볼 수 없었다. 내가 일기를 살피는 동안, 어머님은 걱정이 가득한 표정으로 내 얼굴을 살폈다. 내가 일기장을 보고 예은이를 포기할까 봐 걱정하는 눈치다. 나는 웃으며 말했다.

"생각보다 낫네요."

어머님은 내 말에 깜짝 놀란다.

"네? 뭐가요?"

나는 담담하게 말했다. 이미 결심한 터다. 예은이의 선생님이 되기로.

"주어, 목적어, 서술어는 확실하잖아요. 적어도 그에 맞게 문장은 썼으니까요."

나는 어느새 어머님 옆으로 다가온 예은이를 바라보며 말을 이었다.

"잘하네! 우리 예은이!"

예은이가 쑥스러운 듯 고개를 숙이며 웃는다.

어머님은 안심도 되고, 한편으로는 걱정도 되는 표정으로 내게 물었다.

"그럼, 우리 예은이 가르쳐주실 수 있겠어요?"

나는 헬렌 켈러의 선생님, 앤 설리번의 말을 떠올렸다. "'시작'하고 '실패'하기를 멈추지 마라. 실패하면 반드시 얻는 것이 있다. 원하던 것을 얻을 수 없더라도, 그 대신 아주 가치 있는 무언가를 얻게 될 것이다. 그러니 실패를 두려워하지 말고 '시작'하기를 멈추지 마라."

"일단은 해봐야죠. 하나님이 저를 이곳으로 보내셨으니까."

하나님이 보냈다? 그 말이 맞다. 나는 그렇게 믿는다. 그렇지 않다면 내가 예은이를 가르치는 것조차 있을 수 없는 일이었으니까. 내가 선생님이 된 것도, 기독교 방송국에서 라디오 프로그램을 진행한 것도, 개인 수업을 하게 된 것도 모두 사명이라고 믿었기에 감당할 수 있었다. 그 길에 예은이를 만났으니 이 역시 하나님의 뜻이 아닐 수 없다. 이 또한 사명인 것이다.

어쩌면 당연하게도 예은이의 수업은 쉽지 않았다. 예은이의 교육수준은 상당히 미흡했다. 일반 학교에 다닐 수 있는 수준이 아니었기에 특수학교를 다녀야만 했고, 특수학교에서 가르치는 교육은 일반교육과 많은 차이가 있어서 그 수준이 매우 낮았다. 유치원에서나 배울 법한 공부를 지금까지 해온 것이 문제였다. 글보다는 그림 위주로 아이들의 관심을 끄는 수업만 해왔던 것이 분명하다.

색상이 강한 시각적인 교육에만 익숙해져 있어서 글자를 받아들이는 것에 어려움을 느꼈다. 그보다 더 큰 문제는 소통에 있었다. 아이와 교감을 이루기 위해서는 꾸준하게 대화를 이어가는 것이 필요한데, 부정확한 발음과 청각을 가진 예은이는 어려움을 겪을 수밖에 없었다. 그러다 보니 예은이가 말을 하다가 답답할 때면 종종 수화를 사용하기도 했다. 자신이 가장 잘할 수 있는 소통의 방식이 그것이기 때문이다. 그래서 수화를 허용했다. 얼마나 답답하면 수화를 사용할까 싶었다.

공부하기에 앞서 교감을 형성해야 했던 나는 예은이의 수화를 읽어가며 수업을 진행했다. 수화가 익숙해질수록 예은이의 목소리를 듣기 힘들어지는 것은 당연하다. 이대로 수업이 지속된다면 예은이는 점차 말을 사용하지 않게 될 것만 같았다. 그래서 수화를 금지시켰다. 수화로 이야기할 때면 다시금 말로 설명해주기를 요구하며 기다렸다.

예은이의 답변을 기다리는 동안에는 예은이와 시선을 맞추는 것을 잊지 않았다. 아이와 대화를 할 때 가장 중요한 것은 시선을 맞추는 일이다. 서로의 눈을 바라보며 이야기를 해야 오해가 없고 대화에 왜곡이 없다. 오랜 영업을 통해 익힌 대화의 기술이다. 또한, 집중력을 높이는 효과까지 볼 수 있어 좋았다. 아이들이 선생님과 눈을 마주할 때면 다른 생각을 하지 못한다. 그렇게 집중력을 높이는 것이 가능하다.

시선을 맞추는 노력이 빛을 발했다. 어렵기만 했던 우리의 대화도 점차 나아졌다. 눈빛만 봐도 예은이가 무슨 생각을 하는지 이해할 수 있었다. 그래서일까? 발음에 자신이 없던 예은이는 자꾸만 말끝을 흐렸다. 다섯 글자를 채 넘기지 않으면서 말을 하려 했다. 그렇게만 말해도 알아듣는 사람들이 있다는 것이 문제다. 특히 부모님이나 선생님의 경우, 예은이가 한두 개의 단어만 말해도 예은이가 말하고자 하는 것을 미리 이해하고 짐작하는 것이 가능했다. 그러다 보면 일에 쫓기거나 시간에 쫓기게 될 때는 예은이가 말하는 것을 기다리지 못하고 먼저 말을 꺼내게 되는 것이다.

나는 부모님과 이 부분에 대해 의논하고 상의해서 되도록이면 예은이가 말하는 것을 끊지 않고 충분히 기다려주자고 이야기했다. 스스로 문장을 만들 수 있는 능력을 키우기 위해서다. 문장 하나를 만드는 것에도 이렇게 많은 노력이 필요했다. 부모님의 노력과 나의 노력 끝에 예은이는 수화를 사용하지 않고도 자기 생각을 전달하기 시작했다. 수업에 재미가 붙은 것도 사실이다. 그전에는 상상도 하지 못할 대화들이 오가며 즐겁게 수업을 이어갔다.

그러던 어느 날, 나는 평소와 같이 수업을 진행했다. 학생들이 많이 늘어난 터라 이전에 독서토론논술 회사에 다닐 때와 크게 다르지 않을 정도로 바빴다. 그날의 첫 수업을 마치고 이동하는데 외갓집에서 연락이 왔다. 외할머니가 돌아가셨다는 소식이다. 어머니가 돌아가신 지 얼마 되지 않은 때라 마음이 착잡했다. 그래도 수업은 할 생각이다. 수업을 다 마친 후에 장례식장으로 가야겠다고 생각했다. 한 명, 두 명 수업을 마치고 드디어 마지막 수업을 하기 위해 예은이의 집으로 향했다. 지금까지 많은 발전을 이루어온 예은이기에 무난한 수업을 기대했다.

그런데 이상하다. 오늘따라 예은이가 수업에 집중하지 못한다. 책을 읽어줘도, 글을 쓰게 해도 예은이는 다른 생각에 잠긴 듯이 보였다. 나는 심기일전하며 예은이와 시선을 맞추려 노력했다. 하지만 그 역시 통하지 않았다. 예은이는 내 시선을 피하기에 급급했다. 마치 공부를 안 하겠다고 작정한 것처럼 말이다. 시간이 얼마나 흘렀을까? 급기야 예은이는 평소에 안 하던 행동을 보이기 시작했다. 수시로 시계를 바라보며 시간을 확인하는 것이다.

결국, 나는 폭발하고 말았다. 예은이를 야단쳤다. 수업에 집중하기 위해서 내 눈을 바라보라고 다시 말했지만 예은이는 눈물을 보이기 시작했다. 물어보는 질문에도 울먹이며 대답한다. 가슴이 아팠다. 마음이 너무나 아렸다. 왜 하필 오늘일까? 오늘따라 왜 아이가 집중을 못 할까? 외할머니의 죽음으로 인해 나에게 심적으로 문제가 생긴 것은 아닐까? 나는 왜 예은이를 다그치고 있는 것일까? 온갖 생각들이 뒤범벅 되어 나를 괴롭혔다. 수업시간이 늦어지는 것은 중요하지 않았다. 나는 예은이에게 한 글자라도 더 가르쳐야겠다는 생각뿐이었다.

내가 자세를 바꾸며 열의를 불태우려던 사이, 예은이가 기다렸다는 듯이 말했다.

"시간 다 됐어요."

예은이의 손가락이 시계를 가리키고 있었다. 아마도 하늘이 무너진다면 이런 기분일 것이다. 예은이의 말과 행동이 날카로운 비수가 되어 가슴을 파고드는 것 같았다. 나랑 공부하는 것이 그리도 힘들었을까? 수업이 빨리 끝나기를 이만큼 바랐던 것일까? 그동안 나는 수업이라는 이름의 고통만 안겨주었던 것일까? 나는 더 이상 수업진행이 어렵다고 판단했다. 그래서 별

말없이 수업을 마무리했다. 예은이가 자리에서 일어나자, 어머님과 상담을 어떻게 해야 하나 고민이 됐다. 지금의 예은이 모습을 어떻게 이해하고 가르쳐야 하는지에 대한 해결책만 고민했다.

그때다. 어머님의 인기척이 느껴지는데 걸음걸이가 평소와 다른 것을 느낌으로 알았다.

'뭐지?'

뒤를 돌아본 나는 얼음처럼 굳어버렸다. 어머님의 손에는 커다란 케이크가 들려있었기 때문이다. 순간 내 머릿속은 더욱 복잡해지기 시작했다. 무슨 케이크지? 누구 생일인가? 아니면 기념일? 그런데 왜 내가 있을 때 케이크를 들고 나오시지? 나는 더 고민하지 않고 어머님을 향해 물었다.

"와! 케이크다! 무슨 케이크예요?"

그랬더니 어머님이 웃으면서 말씀하신다.

"선생님 생일이잖아요."

"네? 저요?"

생일이라니? 내 생일은 3일 뒤다. 잠시 멍한 표정을 짓던 나는 곧 상황을 이해할 수 있었다. 내 생일이 주말이라서 주말에 생일파티를 할 수 없으니까 오늘 생일파티를 준비한 것이다. 나는 조금도 예상하지 못한 채 생일파티를 맞이하고 말았다. 케이크에 꽂힌 촛불을 끄고 케이크를 자르는 동안에도 정신을 차릴 수가 없었다. 그 와중에도 예은이가 신경 쓰였다. 어느새 다가온 예은이는 너무나 밝은 표정으로 나를 바라봤다. 진심으로 이 파티를 기뻐하고 있었다.

어머니가 말씀하시길, 예은이가 선생님 생일이라며 많이 좋아했다고 했다. 내가 케이크를 보며 기뻐할 생각에 많이 기다렸다고 했다. 선생님께 선물로 주겠다며 직접 볼펜을 고르고 며칠 동안 들뜬 기분으로 수업을 준비했다고 했다. 그제야 모든 상황이 이해가 됐다. 왜 하필 오늘따라 예은이가 수업에 집중을 못했는지 이해할 수 있었다. 수업을 시작할 때부터 지켜봤던 예은이의 모든 행동이 주마등처럼 스쳐 지나갔다.

예은이는 내 수업만을 기다리고 있었다. 선생님 생일을 축하해줄 생각에 하루 종일 들떠 있었다. 나랑 수업하는 중에도 수업이 빨리 끝나야 생일파티를 할 수 있을 테니까 수업에 집중하기 어려웠다. 시간이 더디게만 흐르는 것 같아 자꾸만 시계를 바라본다. 그러다가 수업시간이 다 된 것을 확인하고 "시간 다 됐어요"라고 말한 것이다.

예은이와 부모님이 생일을 축하한다며 노래까지 불러주시는 동안에도 당혹스러운 마음을 감추지 못했다. 그저 감사하다는 말만 계속해서 흘러나왔다. 밤이 너무 늦은 이유로 그 자리에서 케이크를 먹지 못한 채 챙겨서 나오는데, 집을 나서서야 눈물이 고이기 시작했다. 예은이의 마음을 알아주지 못하고 혼낸 것이 마음에 걸렸다. 예은이의 마음을 헤아리니 가슴이 너무 아려서 몸 둘 바를 몰랐다.

내 나이 '40'을 앞둔 인생. 보통 그 나잇대면 본인의 생일조차 챙기지 않는다고 한다. 나 또한 그랬다. 어머니가 돌아가신 후로 너무나 힘든 생활을 이어왔던 나에게 생일파티는 사치나 다름없었다. 나조차 챙기지도 않는 생일을 누군가가 순수하게 기다리고 기대해주었다는 사실은 얼어붙은 내 인생에 따뜻한 햇살을 비추는 것이나 다름없었다. 수업 중에도 내가 기뻐할 모습만 상상했을 어린 천사의 마음이 너무나 크게 내 가슴을 비추었다. 그야말로 내 생에 최고의 생일파티. 그 파티를 경험하게 해준 예은이에게 너무나 고마운 마음이 들었다.

예은이의 성장은 그야말로 눈부셨다. 부모님과 상담할 때마다 이 맛에 선생님을 하는 것 같다며 감탄사를 연발했다. 대화가 잘 이루어지고 교감이 형성되어 수업이 재밌어진 탓이다. 물론 부모님도 예은이의 성장을 좋아하셨다. 눈에 띄는 성장에 기대감도 부풀어 올랐다. 지금처럼만 성장해 준다면 곧 또래 아이들과 비슷한 수준의 교육을 받을 수 있을 것만 같았다. 그러나 모든 사람이 그렇듯 슬럼프가 찾아오기 마련이다.

예은이의 수업 태도는 시간이 지날수록 점차 좋지 않은 모습으로 변해갔다. 집중하고자 하는 노력도 보이지 않았고 초반에 느꼈던 긴장감도 사라진 지 오래다. 예은이의 집중력을 끌어올리기 위해 장난을 치면, 예은이는 밝게 웃는 것과 동시에 그날 배운 공부를 기억에서 날려버렸다. 순간적으로 안도감을 느끼고 재미를 느끼면서 공부는 잊어버리게 되는 것이다. 그동안 진지한 교육을 받아보지 못했기 때문에 이 공부가 스트레스로 인지되는 것이 원인이라는 생각이 들었다.

우리도 그렇지 않은가? 좋지 않은 스트레스가 많이 쌓이면 즐거운 일을 만들어 그것을 잊고 행복한 상태에 이르지 않는가 말이다. 어쩌면 예은이는 본능적으로 자신의 몸을 보호하려는 것인지도 모른다.

얼핏 보면 기억력의 문제로 볼 수도 있지만 사실상 기억력이라기보단 집중력의 문제다. 아무리 재미난 것도 익숙해지면 지루해지기 마련이다. 교육이 익숙해진 시점에서 예은이는 이미 그 재미를 잃었다. 색다른 재미를 찾아주어야만 했다. 뭔가 새로운 교육방식이 필요했다.

"어머님, 이제는 공교육을 좀 따라갈까 하는데 어떠세요?"

"공교육이요?"

"자습서를 풀어보죠. 1학년부터 차근차근."

어머님은 굉장히 좋아하셨다. 그동안 받아보지 못한 일반 학교의 공교육을 따라갈 수 있다는 사실만으로도 크게 만족하셨다. 나 또한 그에 맞는 준비를 하기 위해 많은 공부를 해야만 했다. 예은이의 경우, 여느 아이들에 비해 다른 상황과 환경에 놓여있기 때문에 가르칠 때도 순발력이 요구된다. 매 순간 예은이의 기분 상태에 따라 대화를 하거나 공부를 하는 것에도 변화를 주어야만 하는 것이다. 그렇게 순발력을 발휘하기 위해서는 가르쳐야 할 모든 지식이 머릿속에 있어야만 한다. 예은이를 가르치는 도중에 책을 보는 것은 불가능하다. 그 이유는 선생님이 책을 보는 순간, 예은이의 집중력이 아예 끊어지기 때문인데, 한 번 끊어진 집중력은 다시 되돌리기 어렵다. 그래서 나는 예은이의 눈을 항상 마주해야 하고 그 시선을 거둘 수가 없는 것이다. 책을 보지 않고 수업을 이끌기 위해서는 반드시 책의 모든 내용이 머릿속에 있어야만 했다.

자습서로 수업을 시작한 후로는 책에 있는 질문들을 외우고, 문제 위치만 보고도 답이 튀어나올 정도로 수업을 준비했다. 수업 횟수도 늘렸다. 1주일에 한 번 하던 수업을 두 번, 세 번으로 늘리고 매 수업마다 각각 다른 형태로 수업을 진행했다. 한 번은 논술 교재로, 한 번은 자습서를 함께 공부하고, 한 번은 예은이 혼자서 공부할 수 있도록 도왔다. 효과는 금방 나타났다. 예은이는 1주일에 한 번 수업했을 때보다 더 많은 성장을 할 수 있었다.

그럼에도 불구하고 예은이의 심경에는 또 다른 변화가 찾아왔다. 어쩔 수가 없었다. 교육은 2학년 교재로 하고 있지만, 나이는 어느새 13살 소녀가 됐으니까. 공부는 이제 시작했는데 머리에는 이런저런 생각들이 많아지니 집중력이 흐려지고, 수업은 날이 갈수록 힘들어져 갔다. 더 이상 예은이의 기분에 따라 공부를 맞춰갈 수 없는 상황에 이르렀다. 충고가 필요했다. 충고가 통하지 않으면 야단이 필요했다. 야단을 처음 맞던 날, 예은이는 나의 모습에 두려움을 느꼈다. 두려움을 느끼니 정신을 차리기도 힘들어했다. 때로는 눈물을 펑펑 흘리기도 하고, 울먹이며 읽었던 글들은 전혀 기억되지 않았다. 즐거운 마음으로 웃다가 그날 배운 공부를 기억하지 못하던 그때와 다르지 않았다.

정말 힘들었다. 예은이가 웃을 정도로 분위기를 풀어주어도 안 되고, 예은이가 무서워할 정도로 긴장을 주어도 안 됐다. 그 두 감정 사이에 있는 묘한 감정 포인트를 찾아 유지하며 수업에 집중시키는 것은 그야말로 기적에 가까웠다. 설령 그 기적을 이루었더라도 이후부터는 지루함과의 싸움이 시작된다. 수시로 하품을 하는 예은이를 수업에 집중시키기 위해 세밀한 컨트롤이 필요했다. 때로는 수업이 40분 만에 끝나기도 하고 때로는 1시간 30분이 되어서야 끝나기도 하는데, 수업이 무사히 끝나기를 바라던 부모님의 심정도 조마조마했을 것이 분명하다.

그러기를 수십 번이나 반복하던 어느 날, 예은이 수업을 들어 갔는데 어머님이 계셨다. 평소보다 이른 시간에 수업했던 터라 회사에서 일찍 퇴근하셨을 것이라고만 생각했다. 예은이가 수업을 끝내고 자리에서 일어나자 어머님이 오신다.

"선생님, 저 오늘 예은이 학교에 다녀왔어요."

"그래서 오늘은 어머니가 일찍부터 계셨군요."

"네, 오늘 학교에서 상담했는데 학교에서 예은이가 놀랍도록 성장했다고 하네요."

"오, 놀라운데요?"

"선생님께 감사하지요."

놀랍다기보다는 기뻤다. 예은이의 성장을 바로 앞에서 지켜본 사람이 나였기에 그러한 평가를 받을 수 있다는 사실에 진심으로 기뻐했다. 내 얼굴이 환하게 꽃을 피우자, 어머님의 말씀이 이어졌다.

"주변에서도 예은이를 일반 학교로 보내는 게 어떠냐고들 하시네요."

"네? 어디에서요?"

"주변인들도 그러고, 여러 학원에서도 그런 이야기가 나오네요."

이토록 기쁜 일이 또 있을까? 그 말을 듣는데 어찌 흥분되지 않겠는가? 일반 학교라니! 예은이가 특수학교에서 벗어나 일반 학교로 진학한다는 상상만으로도 내 가슴은 벅차오르기 시작했다.

"그런데 진짜로 고민이에요. 어떻게 해야 할 지."

"무슨 고민이요?"

"일반 학교에 다니면서 예은이가 다른 아이들에게 놀림이라도 받으면 상처받게 되잖아요. 그렇다고 지금 다니는 학교에 남으려니, 보다 나은 교육을 받지 못할 것 같고요."

"예은이는요? 예은이는 어떻게 생각하는데요?"

"예은이는 지금 다니는 학교에 계속 다니고 싶어 하죠."

그렇다. 어머님의 고민이 무엇인지 조금은 이해할 수 있었다. 일반 학교로 갔을 때 몸이 불편하다는 사실은 아이들에게 놀림을 당할만한 요소가 될 수 있으니까. 교육이 문제가 아니라, 그 놀림에 상처를 받게 되면 사회에 적응하는 것이 어렵게 될 테니까 말이다. 예은이가 지금의 학교에 남기를 원하는 이유도 새로운 변화에 두려움을 느끼기 때문이라는 확신이 들었다.

어머님의 고민을 이해하지만 내가 선택할 수 있는 일은 아니다. 조언을 할 수 있는 위치도 아니다. 나는 단지 선생님일 뿐, 그 가족의 구성원이 아니다. 나의 일은 아이를 가르치는 것 뿐이다. 가르치는 것 외에 다른 이의 가정에 관여하는 일은 피해야만 한다. 나의 가정이 아닌 다른 이의 가정이니까 더욱 그렇다.

자녀 상담 라디오 프로그램까지 진행했던 내가, 세월이 흐를수록 '가정'이라는 말에 어려움을 느낀다. 어쩌면 가정 하나 꾸려보지 못하고, 그나마 있던 동생과의 관계까지 망가졌기 때문은 아니었을까? 가정, 나에게 어려운 소재인 것만은 분명하다.

제 3 장

유리와 거울

문화센터 강사가 되어

시대는 끊임없이 변한다. 다이얼을 돌리거나 누르던 전화기가 휴대폰으로 발전하고, 컴퓨터보다 스마트 폰을 이용하게 되고, 오프라인이라면 만날 수 없던 사람들을 온라인에서 쉽게 만나며 이야기를 나눈다. 시대의 변화는 사람들의 인식마저 바꾸게 된다. 그것이 대인관계에 영향을 미치는 것은 당연하다.

감사하게도 주변뿐만 아니라 온라인상에서 나를 '좋은 사람'으로 봐준다. 그래서 꾸준하게 여자를 소개받았다. 한 달에 한 번, 때로는 한 달에 두세 번 소개를 받기도 하는데, 그 기간이 10년이 넘었으니 무려 200명 이상의 여성들을 만나게 된 것이다. 그렇지 않아도 오랜 영업경력 덕에 많은 사람을 만나온 터라, 나는 그들의 삶과 연애관을 통해 시대의 변화를 피부로 느끼게 되었다. 그런 사람이 한두 명은 아니겠지만 나는 그중에서도 예민한 편에 속하는 것 같다.

내가 느끼는 가장 큰 변화는 '배려'다. 시대가 변할수록 다른 사람을 먼저 배려하는 모습은 찾아보기 어려웠다. 한편으로는 그것이 이해가 된다. 그만큼 사람들을 쉽게 만나는 세상에서 살고 있으니까.

인터넷의 발달은 사람들끼리의 소통을 원활하게 할 수 있도록 도왔다. 그것은 곧 사람을 쉽게 만날 기회를 만들었다. 그러한 기회가 많아질수록 관계를 유지하는 것에는 한계를 느끼기 마련이다. 그러다 보면 소홀해진다. 인간관계에 소홀해지는 것이다. 그때부터는 '남'보다 '자신'의 모습에 더 신경을 쓰게 된다. 외모에 투자하는 만큼 인기가 치솟는다. 인기가 치솟는 만큼 주변의 사람들도 늘어난다. 그 인기가 곧 인간관계를 대변한다. 남에게 어떻게 '하느냐'보다, 어떻게 '보이냐'가 중요해진 것이다. 배려라는 것은 남을 도와주거나 보살펴주려고 마음을 쓰는 것일 텐데, 그러한 마음에 소홀해질 수밖에 없는 세상이 돼버리고 말았다. 사람을 깊이 알아갈 기회가 사라지고 만 것이다.

나는 배려를 꿈꾼다. 나보다 남을 배려하는 마음이 커지면 이 세상에 모든 나쁜 문제들이 해결될 것이라 믿는다. 그 생각을 고집하다 보니 그것이 곧 사람을 평가하는 기준이 되기도 한다. 배려가 사라지는 이 마당에 배려 있는 사람을 만나고자 하니 외로워질 수밖에 없다. 내가 가정을 꾸리기 힘든 이유가 여기에 있었다.

15년 전이라면 어땠을까? 그때라면 달랐을지도 모른다. 어려서부터 부모님이 이루어놓은 가정 안에 살면서 나 또한 '당연히' 이러한 가정을 꾸릴 수 있다고 생각하던 철없는 나이였으니까. 20대 중반의 내가 볼 수 있는 작은 세상과 타협을 하고 그에 맞는 가정을 꾸렸을 테니까 말이다.

지금은 그게 안 된다. 나이를 먹어서 그렇다. 경험이 많아져서 그렇다. 작은 줄로만 알았던 그 세상이 얼마나 크고 넓으며 깊은가를 알게 됐다. 그래서 어른들은 나를 볼 때마다 이렇게 말씀하셨다.

"아무것도 모를 때 장가를 보냈어야 했는데."

나도 장가는 가고 싶다. 특히 아이들을 볼 때면 더욱 그렇다. 예쁜 아이들을 보면 지금 당장에라도 짝을 만나 아이를 갖고 싶은 생각이 든다.

아파트에 살던 나는 어느 날, 밖에 볼일이 있어 엘리베이터를 기다렸다. 잠시 후 엘리베이터 문이 열리자마자 네다섯 살로 보이는 한 여자아이가 갑작스레 뛰쳐나온다. 문이 열리길 기다리고 있던 나는 깜짝 놀라 뒤로 물러났고 안에 계시던 할머니가 소리쳤다.

"에구! 여기서 내리는 거 아니야!"

할머니의 다급한 목소리를 들은 아이는 그 짧은 다리로 재빨리 엘리베이터에 올라타며 머리를 긁적였다.

"에에? 하마터면 내릴 뻔했네. 후유…"

그러더니 까르르 웃는다. 그 모습이 그렇게 예쁘더라. 너무나 예쁘더라. 어쩌면 저렇게 예쁜 아이가 있을까 싶을 정도로. 나도 모르게 흐뭇한 미소를 지었나 보다. 할머니가 내 얼굴을 살피더니 나를 가리키며 말한다.

"아저씨한테 인사해야지."

'아저씨'라는 말에 잠시 주춤거리던 사이, 아이의 환한 얼굴을 보고야 말았다. 그 작고 귀여운 얼굴을 보고야 말았다. 기대했다. 그래서 인사를 기다렸다. 조금은 수줍은 듯 머리를 숙이며 인사하는 그 모습을 나는 기다리고 있었다.

"아저씨, 안녕하세요."

아이는 인사를 하자마자 어쩔 줄 몰라 하며 발을 동동 구르더니 까르르 웃는다. 그 모습에 나도 모르게 헤벌쭉 인사를 받는다. 엘리베이터가 내려가는 동안 다 함께 까르르 웃었다. 아이랑 헤어지고 한참을 걸어가는데 그때까지도 미소는 사라지지 않았다. 정신을 차린 후에야 비로소 아이가 말했던 '아저씨'라는 말을 떠올렸다. '아저씨'라니. 그래, 오빠라고 부르기엔 무리가 있는 나이라는 것쯤은 이미 알고 있다. 그래도 아저씨라는 말은 왠지 모를 서운함이 밀려온다. 나도 일찍 결혼했다면 저렇게 귀엽고 예쁜 딸아이 하나 정도는 있었을 터. 아저씨가 아니라 '아빠'라는 말을 들어야 할 나이가 아니던가? 이때만큼 결혼을 간절히 생각해본 적이 없었다.

오랜만에 어머니를 만났다. 여전히 병실이다. 그새 헤어 스타일이 바뀌었는지 짧은 머리에 흰 머리가 많이 보인다. 하지만 얼굴에 광이 나고, 피부도 뽀얀 것이 참 보기 좋았다. 심지어 어머니가 입고 있는 환자복까지 표백제 한 통을 털어 빨래한 것처럼 깨끗해 보였다. 무엇보다 좋았던 것은 어머니의 미소다. 웃고 계셨다. 그리 행복해 보일 수가 없었다.

비록 꿈이었지만, 눈을 떴을 땐 행복했다. 오랜만에 어머니의 미소를 본 후라 기분이 날아갈 것만 같았다. 단, 아쉬운 점이 있다면 비록 꿈이라도 어머니께 말 한마디 하지 못한 것이다. 물론 하고 싶은 말이야 수없이 많았지만, '사랑한다'는 그 말 한마디만은 꼭 하고 싶었다.

도대체 나는 그동안 왜 사랑한다는 말을 하지 못했을까? 그것이 제일 한스럽고 화가 났다. 하지만 그것조차 용서받은 느낌이다. 살아계실 때 불효만 저질렀던 내 삶에 용서를 받은 느낌이다. 어머니의 사랑은 천국에서도 이어지는 것 같았다.

어머니 꿈을 꾸고 나서 며칠 후, 작가 모임에서 한두 번 만났던 분에게 연락을 받았다. 그분은 우리 동네에 한 문화센터에서 강의를 하고 있었는데 집안 문제로 인해 더 이상 강의를 할 수 없게 됐다는 소식을 전하며 내게 문화센터 강의를 대신 해줄 수 있느냐고 물었다. 그동안 개인 위주로 수업을 해왔고, 모둠 수업을 하더라도 5명 이상 해본 적은 없었기 때문에 선뜻 수락할 수 없었다. 그래도 욕심은 났다. 나에게 찾아온 기회라고 생각했다. 이때가 아니면 강의를 경험하지 못할 것만 같았다. 그래서 강사 제안을 받아들였다.

문화센터에서의 첫 수업. 어머님들은 갑작스러운 강사 교체에 어쩔 줄 몰라 했다. 내가 아이들에게 어떤 수업을 가르쳐왔고, 어떠한 활동을 하고 있는지 알려드려도 그들의 불안감은 사라지지 않았다. 결국, 내가 보여줄 수 있는 것을 보여주기로 했다. 최선을 다하는 것과 훌륭한 결과물을 만들어내는 것을 말이다.

생전에 처음으로 하는 강의지만 충분한 자료와 공부를 준비했다. 아이들이야 워낙 많이 만나다 보니 성향을 파악하는 것은 그리 어렵지 않았다. 단, 가정에서 하던 수업과 강의수업에 차이가 느껴졌다. 한 아이의 시선을 오랜 시간 바라보고 있는 것이 어려웠다. 한 아이를 바라보고 있자니 다른 아이들이 방치되고, 한 아이를 붙들고 가르쳐야 할 때도 다른 아이들이 방치

되는 것은 피할 수가 없었다.

결국, 내 방식에서 벗어나 강의수업에 맞는 교육법을 익혀야만 했다. 개성이 강한 아이들마다 그 성향에 맞게 교육하던 방식을 포기하고, 공교육에서나 볼 수 있는 정형적인 교육의 틀을 짠 후에 아이들을 그것에 맞출 수밖에 없었던 것이다.

본래 나는 그 방식을 선호하지 않는다. 아이들도 개별적인 인격체이므로 저마다 개성이 다르고 학습 성향이 달라서 획일적인 공부로는 '모두'가 좋은 결과물을 만들어내는 것이 쉽지 않다. 그래서 고민했다. 끊임없이 고민했다. 아이들을 가르치기에 좋은 방법을 어떻게 찾아야 할지 고민했다.

나는 기본으로 돌아갔다. 우선은 아이들과 교감을 이루기 위한 방법부터 찾기 시작했다. 아이들마다 시선을 바라보며 집중시킬 수 없으니 다른 방법으로 그들의 시선과 관심을 집중시켜야 했다.

첫 시도는 재미있는 선생님이 되는 것이었다. 아이들이 관심을 가질만한 이야기와 재미난 퍼포먼스로 주의를 끌었다. 효과는 확실했다. 시선을 집중시키는 것에 이만한 것은 없었다. 그러나 그렇게 흥분한 아이들은 공부에 쉽게 집중하지 못했다. 다른 방법이 필요했다. 그래서 시도한 두 번째 방법은 무서운 선생님이 되는 것이었다. 아이들이 선생님의 카리스마에 압도되었지만, 수업 분위기는 썩 좋지 않았다. 결국, 이 또한 포기했다. 다른 대안이 필요했다. 아이들이 재미를 느끼면서 수업에도 집중할 수 있는 방법을 만들어야만 했다.

그러던 중에 재밌는 사실을 하나 발견했다. 아이들이 많이 모인 곳에는 그 분위기를 이끌어가는 몇 명의 아이들이 있다는 것을 말이다. 그 아이들이 중심이 되어 소란스러운 분위기가 되기도 하고, 때로는 조용한 분위기도 된다는 사실을 알아냈다. 나는 그 아이들을 활용하기로 했다. 그들을 컨트롤하는 것이 나의 계획이 되었다.

먼저, 그들의 성향을 살폈다. 그들은 목소리가 크고 시도 때도 없이 나서기를 좋아한다. 그렇다면 그 이유는 무엇일까? 관심 때문이다. 그들은 관심 받는 것을 즐긴다. 친구들의 관심을 끌기 위해 목소리가 크고, 때로는 행동을 크게 하며 친구들의 시선을 집중시킨다. 그들은 영웅이 되고 싶은 거다. 그래서 그들을 영웅으로 만들어주기로 했다. 스타가 될 수 있도록 칭찬과 격려를 아끼지 않았다.

선생님한테까지 인정받은 그들의 행동은 더욱 과감해져 갔다. 보다 재미나게, 보다 멋지게 관심을 끌려 노력했다. 그들의 노력은 빛을 발했다. 친구들의 관심을 집중시키는 것에도 성공했다. 그로 인해 교실 안에 있던 모두가 함께 웃고, 함께 이야기를 나누었다. 그렇게 교감이 하나로 이루어진 것이다. 하지만 수업이 완성된 것은 아니다. 이대로 둔다면 당연히 수업은 엉망이 되고야 만다. 지금부터 필요한 것이 '제재'다.

나는 영웅이 된 아이들을 통제하기 시작했다. 목소리가 지나치게 크다고 야단을 치고, 선생님 말을 잘 듣지 않으면 창피를 주었다. 수업에 방해가 될 때마다 그것이 잘못된 것이고 부끄러운 것임을 알려주었다. 영웅이었던 그들은 선생님의 야단에 어찌할 바를 몰랐다. 자신의 위치가 흔들릴 수도 있다는 위협을 받게 되었다. 수업 중에 영웅이 되지 못하고, 오히려 방해꾼이 되어가는 것을 스스로 느꼈을 것이다.

이후로는 그들이 수업에 열중하기 시작했다. 심지어 다른 아이들이 수업에 방해라도 될라치면 오히려 자신이 나서서 야단을 치는 상황까지 벌어졌다. 그야말로 공부하기 딱 좋은 분위기가 될 수 있었다.

수업 분위기가 좋아지면서 아이들이 나를 잘 따르기 시작했다. 나에 대한 관심도 상당히 높아졌다. 그중에 한 아이가 손을 들고 소리쳤다.

"아! 선생님 도대체 몇 살이에요?"

불과 2주 전만 해도 100살이라고 대답하면 '호에엑!' 하며 놀라던 녀석들이 이제는 더 이상 믿지 않는 눈치다. 내가 빙그레 웃자, 다른 아이들이 입을 열기 시작한다.

"31살?"

"아니야, 내가 보기엔 33살이야."

그 모습이 사뭇 진지하다. 실제 내 나이는 40살이기 때문에 아이들이 젊게 봐주는 것만으로도 기분이 좋았지만, 진짜 내 나이를 알려줘야 할 때가 왔다고 생각했다. 나는 주머니에 있던 스마트 폰을 꺼냈다. 그리고 인터넷에 '곤도사'를 검색해서 보여 주었다.

"자! 봐봐. 선생님은 1978년생이야."

아이들이 우르르 몰려와서 스마트 폰을 확인하더니 다시 제자리로 돌아가자 나는 화이트보드에 숫자를 써가며 말을 이었다.

"너희가 2009년생이니까, 1978을 빼면…."

아이들은 내가 답을 말할 줄 알고 잔뜩 기대한 표정이다. 눈까지 반짝인다. 칠판에 적힌 숫자는 '31'. 숫자를 확인한 아이들이 웅성거리자 나는 말을 이었다.

"여기에 너희들 나이까지 더해서 계산하면…."

아이들이 조용해졌다. 너무나 조용해졌다. 심지어 작은 미동조차 느껴지지 않는다. 마치 아이들 몸에 있던 건전지라도 뺀 것 마냥, 아이들의 움직임은 멈추고 말았다. 충격이 컸나 보다.

31살도 많게 느껴졌는데, 거기에서 자신들의 나이까지 더한다고 하니 순간적으로 계산이 되지 않았던 것이다. 그나마 그중에 계산이 빠른 아이는 경악스러운 표정을 지으며 두 손으로 얼굴을 감쌌다. 난 그 아이의 눈을 바라보며 윙크했다. 그리고 작은 목소리로 아이들에게 속삭였다.

"선생님이 너희 엄마보다 나이가 더 많을걸?"

아이들이 비명을 지른다. 여기저기에서 "대박!" 소리가 들린다. 하지만 그것도 잠시, 아이들은 자존심이 세다. 그 순간에도 자존심을 내세운다. 자신의 엄마보다 선생님이 더 나이가 많다고 하니 게임에서 진 것 마냥 억울해했다.

"우리 엄마는 50살이 넘거든요?"

"우리 엄마는 불혹이라고 했어!"

그 와중에 아직까지 계산을 못 한 아이가 큰 소리로 물었다.

"그래서 선생님 나이가 정확히 몇인데요?"

나는 화이트보드에 큼지막하게 숫자를 쓰며 말했다.

"40!"

화이트보드를 바라본 아이들은 또다시 경직. 마치 장난감에 건전지를 넣었다가 빼는 것을 반복하는 것처럼 보일 정도다. 자신의 계산을 의심하던 아이들도 '40'이라는 숫자를 눈으로 확인한 후에야 그 숫자가 얼마나 큰 것인지 비로소 깨닫는 것처럼 보였다. 아이들은 천천히 움직였다. 평소에 빠르게 움직이던 아이들의 모습이 아니다. 어찌 보면 모든 것을 포기한 어른들의 모습과도 비슷했다.

"40이래. 불혹보다 많은 거 같아."

"아재야, 아재."

"야! 어른한테 그렇게 말하면 안 돼."

"그래, 맞아. 할아버지일걸?"

불혹보다 많은 나이에 할아버지까지 되어버린 40살의 나는, 울지도 웃지도 못하는 상황에서 겨우겨우 수업을 마무리할 수 있었다.

아이들은 순수하다. 그래서인지 나는 때때로 뜬금없는 고백을 받기도 한다. 10살 미만의 소녀들은 특히 그렇다. 오늘도 그랬다.

교실에는 지정석이 없다. 수시로 아이들끼리 짝을 바꿔가며 자리에 앉는데, 오늘은 8살 소녀와 9살 소녀가 내 앞에 앉았다. 그전부터 두 소녀가 친한 사이는 아니었다. 비록 한 살이라지만 나이 차이가 있기 때문인 것 같았다. 그런데 오늘따라 유독 둘이서 무엇인가 이야기를 주고받는 것처럼 보인다. 그러다가 9살의 소녀가 이야기를 멈추고 나를 불렀다.

"선생님!"

내가 다가갔더니 소녀가 묻는다.

"선생님은 유명하지요?"

"그럼, 물론이지."

인터넷에 '곤도사'를 검색해본 것이 분명하다. 인물정보까지 뜨는 걸 보면 평범한 인물은 아니라고 생각한 것 같았다.

"그럼, 사인해 주세요!"

"그럴까?"

나는 소녀가 내미는 메모지에 기분 좋게 사인을 해주었다. 옆에 있던 8살 소녀가 그 모습을 가만히 지켜본다. 나는 8살 소녀에게 물었다.

"너도 해줄까?"

"아니요."

"선생님, 아주 많이 유명한데? 사인받고 싶지 않아?"

얼핏 보면 한 명이라도 더 사인 해주고 싶어 하는 얼간이 선생님 같아 보이지만, 아이들 앞이라 그런지 부끄럽지는 않았다. 8살 소녀가 그 말을 하기 전까진.

"아니요!"

나는 머쓱해진 모습으로 머리를 긁적이며 발걸음을 옮겼다. 그렇게 다른 자리에 있던 아이의 공부를 봐주고 있는데, 아까 사인을 거부했던 8살 소녀가 나를 부른다.

"선생님!"

"왜?"

나는 뾰로통해진 얼굴로 대답했다. 자존심이 상해서인지 쉽사리 다가가지는 못했다.

"사인해 주세요!"

"그래!"

얼핏 보면 얼간이 같지만, 밝은 표정으로 소녀에게 다가갔다. 이제야 내 진가를 알아본다고 생각했다. 그런데 8살 소녀가 내민 종이는 빈 종이가 아니다. 커다란 네모가 있는 걸 봐서는 문서나 계약서 같은 느낌이 묻어나는 양식을 그린 것처럼 보였다.

"엥? 그림이 그려져 있네? 다른 종이는 없어?"

소녀가 머리를 좌우로 흔든다.

"다른 종이에 해줄게. 깨끗한 종이로."

소녀는 살짝 부끄러워하는 표정을 짓더니 손가락으로 종이를 가리킨다.

"여기에다 해주세요."

나는 네모가 그려진 종이를 바라봤다. 자세히 보니 네모 위에 작은 글씨로 무언가 쓰여 있었다.

'결혼증서'

순간, 나는 당황해서 어찌할 바를 몰랐다. 아무리 살펴봐도 결혼증서를 내밀고 사인을 해달라는 것 같았다. 옛날부터 나이 많은 아주머니들이나 아주 어린 소녀들에게 인기가 많았던 나지만, 이렇게 대담한 소녀를 맞닥뜨리게 되니까 당혹스러운 건 어쩔 수 없다.

"음? 어디에 사인을 하라고?"

소녀의 손가락은 정확하게 결혼증서를 짚었다. 별다른 내용도 없이 오로지 '결혼증서'라고 쓰인 계약서에 사인을 하란다. 나는 곰곰이 생각했다. 사인을 해주어도 문제, 해주지 않아도 문제가 될 것 같았다. 나는 조심스럽게 자세를 낮추고 이야기했다.

"선생님도 정말 정말 사인하고 싶은데, 내가 여기에 사인을 하면 네 부모님이 좋아하지 않을 것 같아. 엄마 아빠가 슬퍼하는 모습을 보고 싶어?"

그랬더니 소녀는 머리를 도리도리 흔든다. 어쩌면 당연하게도 선생님을 사랑하는 마음보다 부모님을 사랑하는 마음이 더 큰 것 같았다. 나는 그렇게 위기 아닌 기회를 놓쳐 버리고 말았지만, 작은 소녀의 마음에 상처를 주지 않은 것에 만족해야만 했다.

한 이이가 화장실에 혼자 가기 무섭다며 내 손을 잡아끈다.

그 아이는 평소에도 글을 잘 안 쓰고, 그림도 잘 그리지 않았다. 수업에 집중하지 못한 채 교실을 뛰어다니기까지 하던 녀석이다. 그런 녀석이 겁도 많구나 싶었다. 다행히 수업 시작까지 아직 시간이 남아서 아이의 손을 잡고 화장실로 갔다. 그리고 아이를 소변기 앞으로 데리고 갔다. 그런데 아이가 이상한 행동을 보인다. 소변기 앞에서 잠시 망설이는가 싶더니 이내 방향을 바꿔 양변기로 향하는 것이다. 나는 그저 아이가 양변기에 볼일 보는 것이 편한 줄로만 알았다. 하지만 그것이 아니었다. 아이는 비데를 바라봤다. 가만히 비데를 바라보고 있었다. 나는 아이에게 말을 걸었다.

"너, 뭐하니? 오줌 마렵다며?"

"아니에요."

"뭐가 아니야?"

"선생님, 제 손 좀 잡아주세요."

내가 무심결에 아이의 손을 잡아주자 아이는 비데로 다가갔다. 선생님의 손을 잡아서 그런지, 용기가 생긴 아이는 비데를 향해 손을 뻗었다. 그리고 그곳에 있는 버튼을 차례대로 누르기 시작했다.

'삑! 삑!'

"까르르." 아이가 웃는다. 해맑게 웃는다. 내가 서 있는 것에 아랑곳하지 않고, 이런저런 버튼을 누르며 좋아한다. 그렇게 깔깔대며 말한다.

"선생님, 이게 비데에요."

"…."

"버튼 누르면 물도 쫙 나와요!"

"…그렇겠지. 물이 나와야 비데니까."

"어떤 걸 눌러야 물이 나와요?"

"…."

나는 아이를 진정시키고 볼일을 보게 한 후에 교실로 돌아왔다. 내 손을 잡고 있던 아이도 자리에 앉았다. 그림 그리는 시간이 되자 학생들을 향해 말했다.

"오늘은 내가 가장 좋아하는 물건을 그릴 거예요."

나는 아이를 바라봤다. 아이가 그림을 그린다. 커다란 스케치북에 비데 하나만 열심히 그린다. 나는 그 모습을 멍하니 지켜볼 수밖에 없었다.

다음 주가 되었기에 그림의 주제를 바꾸었다.

"엄마에게 선물하고 싶은 물건을 그려볼까?"

아이가 기뻐하며 외친다.

"비데!"

그날도 아이는 스케치북에 비데 하나만 그렸다.

또다시 다음 주가 되자 이번에는 조금 더 머리를 써서 주제를 바꾸었다.

"내가 가장 좋아하는 친구를 그릴 거예요."

아이는 잠시 고민에 빠진 것처럼 보였다. 그리고 이내 결심한 듯 스케치북을 활짝 펼쳤다. 잠시 후, 나는 아이의 스케치북에 비데가 그려지는 것을 가만히 지켜볼 수밖에 없었다. 아이에게 비데는 가장 친한 친구였나 보다.

평소 수업에 집중을 못 하던 아이라, 그나마 비데라도 그리면서 수업을 따라오니 말릴 수는 없었다. 오히려 아이가 즐거워하며 수업하는 것에 감사했다. 나는 아이에게 맞는 방법으로 수업을 진행하는 것이 낫다고 생각했다. 그래서 그림의 주제를 선정할 때, 비데를 그릴 수 없는 질문을 만들기로 했다. 고민 끝에 태어난 주제가 던져졌다.

"나에게 가장 행복했던 순간을 떠올려서 그려봅시다!"

나는 회심의 미소를 지었다. 행복했던 순간을 그리기 위해서는 사건을 떠올려야 하고 비데만으로는 그 사건을 표현하기 힘들 것이기 때문이다. 그러나 내가 그렇게 고민해서 만든 질문에 아이는 단 한 번의 망설임도 없이 대답했다.

"비데에 앉았을 때!"

그날도 아이는 비데를 그렸다.

하루는 수업을 시작하기 전에 아이의 스케치북을 살펴봤다. 한 장씩 그림을 넘기는데 매번 그리는 비데가 점점 발전하는 것이 보였다. 때로는 크기가 달라지고, 버튼의 개수가 늘어나며, 뚜껑에 붙은 스티커까지 자세하게 그리는 날도 있었다. 나름의 노력을 하고 있는 것이다. 걱정이 되면서도 한편으론 기특했던 이유이기도 하다.

수업이 시작되고, 드디어 그림 그리는 시간. 이번에도 역시 나는 고민 끝에 만든 주제를 학생들에게 알려줬다.

"가장 좋아하는 사람과 가장 하고 싶은 일을 그려볼 거예요!"

아이들은 제각각 연필과 색연필을 들고 그림을 그리기 시작했다. 비데를 좋아하는 아이도 마찬가지다. 그 녀석이 그리는 것을 지켜보니 비데가 분명하다. 비데 그림으로 완성될 것이 뻔하다. 아니나 다를까. 이번에도 역시, 아이는 비데를 그렸는데 이번에는 비데 위에 한 아이가 앉아 있는 그림이다.

"비데에 누가 앉아있는 거야?"

"저요."

"선생님이 말한 주제는 가장 좋아하는 사람과 가장 하고 싶은 일을 그리는 건데?"

"또 그릴 거예요."

깜짝 놀랐다. 또 그런다니. 비데 하나만 그리는 것이 아니었다. 나는 아이가 무슨 그림을 그릴까 궁금하면서도 다른 아이들의 그림을 봐주기 위해 교실을 돌아다녔다. 그리고 수업이 끝날 때쯤, 나는 그 아이의 등 뒤에서 녀석이 그리는 그림을 가만히 지켜봤다.

그림은 놀라웠다. 비데는 하나가 아니었다. 비데에 앉은 자신의 그림 옆에 또 하나의 비데를 그리고 그 비데 위에 커다란 사람을 하나 더 그려 넣었다. 아이는 비데 두 개를 놓고 친구와 나란히 앉은 모습을 그린 것이다.

"와! 대단한데? 이번엔 비데를 두 개나 그렸어! 더구나 사람도 두 명이야!"

아이가 우쭐하는 순간, 그림을 다시 보니 그림 위에 무언가가 쓰여 있는 것을 볼 수 있었다. 이 녀석이 그림뿐만 아니라 글까지 쓴 것이다. 커다란 친구 머리 위에는 이렇게 쓰여 있었다.

'곤도사 선생님'

이럴 수가! 나는 그날의 기쁨을 어떻게 표현해야 할지 몰랐다. 아이를 끌어안고 머리를 쓰다듬으며 온갖 칭찬을 퍼부었다. 결국, 이렇게 발전할 아이였던 것이다. 아이가 선생님을 친구로 인정했다는 사실 또한 너무나 기뻤다.

그 아이와 개인 수업이 있어서 처음으로 아이 집을 방문하던 날, 나는 책상 위에 놓인 장난감을 하나 발견하게 되었다. 그 모양이 너무나 인상적이어서 웃음이 터지고 말았다. 장난감은 양변기였던 것이다. 나는 한참 동안 배를 잡고 깔깔대며 웃었다. 물론 나와 가장 친한 친구와 함께.

어느덧 나는 백 명이 넘는 아이들을 만난 선생님이 되었다. 비록 회사를 나온 이후에 개인적으로 교육하는 아이들은 십여 명에 불과하지만, 건강이 좋지 않아 수업을 그만둔 아이 한 명을 제외하고는 단 한 명의 포기자도 없이 꾸준하게 그 수는 늘기만 했다. 아이들이 수업을 잘 따라와준 덕분이다.

결과 또한 매우 좋았다. 단 두 명의 아이를 제외한 모든 아이들이 국어 과목에서 꾸준하게 100점을 받으며 보답한다. 비단 국어 과목에만 영향을 미친 것은 아니다. 그동안 배운 논술을 통해 글의 이해도가 올라가면서 전 과목에 100점을 맞는 아이까지 나타났다. 그로 인해 선생님으로서 능력을 인정받은 것은 물론이다.

신기하게도 아이들을 보면 가정이 보인다. 가정상담 자격을 가지고 있어서만은 아니다. 아이들에게 조금만 관심을 가지면 누구나 그 아이의 가정환경을 미루어 짐작할 수 있다. 왜냐하면, 어른들은 이미 아이들의 삶을 거쳐 성인이 되었기 때문이다. 아이들이 겪는 대부분의 경험은 이미 어른들이 겪어온 경험과 크게 다르지 않다.

그러한 의미에서 보면, 아이는 가정을 비추는 투명한 '유리'와 같다. 아이를 통해 그 가정을 엿볼 수 있는 이유다. 아이는 가정에서 비추는 색상의 옷을 입고, 그 색상을 세상에 드러낸다. 그것은 곧 부모의 색상이기도 하다. 부모의 색상이 어둡다면 아이는 어두운 옷을 입을 것이고, 부모의 색상이 밝다면 아이는 밝은색의 옷을 입을 것이다. 부모가 노란색의 옷을 입는다면 아이 또한 노란색의 옷을, 부모가 주황색의 옷을 입는다면 아이는 주황색의 옷을 입을 것이다. 그것은 오로지 아이가 '유리'와 같이 깨끗하고 순수하므로 가능하다.

유리같이 투명한 아이들은 자라면서 점차 탁해져 간다. 때로는 부모의 강요로 인해 색상을 가리고, 때로는 스스로 부끄러움을 느끼며 색상을 가린다. 그렇게 성장한 아이는 어김없이 성인이 된다. 어른이 되는 것이다. 그들의 모습은 어릴 때와 다르다. '유리'와 같던 아이들은 어느새 '거울'의 모습을 하고 있다.

거울은 세상을 비춘다. 자신의 모습을 그대로 세상에 보여준다. 동그란 모습이라면 동그란 모습으로, 세모난 모습이라면 세모로, 네모난 모습이라면 네모로 세상에 보여준다. 감추려고 해도 잘 감추어지지 않는 것이 어른들의 모습이다. 물론 그 모습을 감추려 방향을 바꾸기도 하지만, 그것은 방향만 바꾸었을 뿐 자신의 본래 모습을 바꾸지는 못한다. 그러다 보니 자신의 정의가 난무한다. 자신이 비추는 세상만을 진리로 여긴다. 그러나 수많은 거울이 세상에 존재하는 것, 그것이 사회다.

자신의 거울 크기는 생각하지 못한 채 거울에 담아내는 세상이 전부라고 생각한다. 자신의 눈으로만 세상을 보고, 자신의 눈으로만 세상을 판단하니 싸움이 일어난다. 거울에 비친 당신의 모습이 이러한데 아니라고 하니 화가 난다.

해와 달이 바라본 마을의 모습은 다를 수밖에 없다. 해가 본 마을의 모습에는 사람들이 열심히 일을 하지만, 달이 본 마을의 모습에는 사람들이 잠을 자고 있을 뿐이다. 해가 본 나뭇잎의 색은 초록이지만, 달이 본 나뭇잎의 색은 은빛으로 빛날 뿐이다. 해가 본 세상이 그렇다고 해서 달이 본 세상이 틀린 것은 아니다. 달이 본 세상이 그렇다고 해서 해가 본 세상이 틀린 것도 아니다. 틀린 것이 아니라 다른 것이고, 다르게 보이지만 같은 세상이다. 해가 본 세상이 전부가 아니듯, 달이 본 세상도 전부가 아니다.

그래서 나는, 내가 가진 거울로만 세상을 볼 것이 아니라 다른 사람의 거울을 통해서도 세상을 봐야 한다고 생각한다. 모두의 시선을 합쳐야만 세상 곳곳을 비추는 것이 가능하리라 믿는다. 그러기 위해서는 내 거울뿐만 아니라 다른 이의 거울을 인정하고, 내가 비추는 세상뿐만 아니라 다른 이가 비추는 세상까지 인정하려 노력하는 '배려'가 필요하다고 생각한다. 내가 아이들에게 '배려'를 가르치는 이유다.

제자가 아니라 친구

전화가 왔다. 언젠가 들어본 어머님의 목소리가 들린다.

"우리 상비가 선생님께 논술을 배우고 싶다고 하네요."

"네? 상비가요?"

상비는 나와 특별한 인연이 있다. 내가 회사에 있을 당시 잠시나마 나에게 논술을 배우던 아이다. 본래 내가 가르치던 중학생이라고는 여학생 하나뿐이었지만, 어쩌다 보니 담당 선생님이 바뀌게 되어 상비가 뒤늦게 합류하게 되었다.

처음 만난 상비는 앳되고 앳된 모습이었다. 누가 보더라도 모범 학생으로 보였던 상비는 역시나 학교에서도 공부를 꽤나 잘했다. 공부를 잘하는 아이를 가르친다는 것은 선생님에게 자랑이기도 하면서 그와 동시에 부담이 되기도 한다. 그 이유는 공부를 잘하던 아이가 선생님이 바뀐 후에 공부를 못하거나 성적이 떨어지게 되면 그 책임이 고스란히 선생님에게로 향하기 때문이다. 그래서 유독 신경이 쓰였던 아이다.

첫 수업을 할 때만 해도 무난하게 글을 쓸 줄 아는 아이처럼 보였다. 그 전에 가르치던 여학생처럼 감수성이 풍부하다거나 문장을 화려하게 꾸미는 기술은 없었지만, 있는 그대로 정직한 문장을 이어나가는 아이였다. 외모에서 풍기는 이미지와 글에서 풍기는 이미지가 다르지 않았다. 그야말로 '정직'했다. '바르고 곧다'라는 의미의 '정직'은 곧 나를 당황하게 만들었다. 글을 쓸 때 논술자료에 있는 어휘와 문장을 그대로 활용하다 보니, 글에는 상비의 생각과 느낌이 전혀 담기지 않았던 것이다. 어떤 종류의 글을 쓰더라도 마치 설명문을 읽는 듯한 느낌을 지울 수가 없다.

방법을 찾아야만 했다. 감성이 묻어나는 글을 쓸 수 있도록 도와야만 했다. 그래서 여학생과 묶어서 수업을 진행했다. 여학생과 함께 공부하면 시너지 효과가 클 것이라 믿었다. 그러나 효과는 엉망이었다. 기대했던 성장은 보이지 않았다. 글도 나아지지 않았다. 오히려 수업시간 내에 글을 쓰는 것이 어려워지는 상황까지 나타났다. 난 그제야 상비의 문제점을 파악할 수 있었다. 글을 쓰는 것에 자신이 없는 것을 말이다. 그런데 재밌는 사실은, 상비가 토론에는 강점을 보인다는 것이다. 여러 가지 자료와 지식을 동원해서 쏟아내는 말들은 대학생의 토론에 버금가는 수준이었다.

말은 잘하지만, 글을 쓰지 못하는 아이는 나에게 연구 과제가 주어진 것처럼 느껴졌다. 말을 하는 것과 글을 쓰는 것에는 큰 차이가 없을 텐데도, 하고 싶은 말을 노트에 옮겨놓는 것이 쉽지만은 않아 보였다. 물론 그 이유도 알고 있다. 상비의 자존심 때문이다. 자존심이 강한 상비는 자기 생각만큼 글이 나오지 않는 것에 스스로 불만을 느끼고 있었다. 생각하는 것이 '10'까지라면 노트에 쓰인 것은 언제나 '1'뿐이다.

그러다 보니 글을 완벽하게 만들기 위해 더 많은 생각을 하게 되고 고민에 빠지게 되면서 글로 옮기는 것은 점차 미루게 되는 것이다. 그러다 보면 수업시간이 모자라고, 모자란 시간 안에 글을 쓰다 보니 글은 더욱더 엉망이 되었다. 그렇다고 내가 파악한 문제점을 상비에게 말하자니 그것 또한 문제다. 확실한 해결책을 준비하지 못한 채 문제점만 드러내면 상비는 더욱 나락으로 빠질 것이 분명했다.

결국, 내 시간을 할애하기로 결심했다. 토요일 하루를 온전히 상비에게 투자하기로 했다. 수업시간을 늘리자는 말에 상비노 흔쾌히 따라주었기에 가능한 방법이다. 본래 우리의 수업은 1시간 30분에 불과했지만, 수업이 끝나면 근처에 있는 북카페로 자리를 옮겨 상비가 글을 쓸 수 있도록 도와주었다. 시간은 무제

한. 시간의 제약이 없으니 상비는 충분히 생각을 정리하고 글을 쓰기 시작했다. 아직은 고민하고 생각하는 것에 비해 글의 양이 적게 나오는 편이다. 그래도 꾸준하게 발전을 보이니 그것에 만족해야 했다.

그러다가 내가 회사를 관두게 되자 더 이상 상비를 만날 수 없게 되고 말았다. 상비가 걱정됐지만 내가 먼저 연락할 수는 없었다. 회사에서 뛰쳐나온 내가 회사 방식에 따라 공부하고 있는 아이를 걱정하는 것 자체에 문제가 있는 것이다. 나에게는 선생님으로서의 자격이 없으니까. 나는 그저 상비가 회사 방식에 따라 잘 성장하길 바라고 바랐을 뿐이다.

그로부터 얼마나 오랜 시간이 흘렀을까? 상비 어머님으로부터 연락을 받았다. 상비가 나를 기억하고 함께 공부하고 싶어한다고 했다. 그 기쁨은 이루 말로 표현할 수 없었다. 오랜만에 만난 상비의 모습은 그 전과 다르지 않았다. 우리는 그동안 밀린 이야기를 하며 북카페로 향했다. 북카페도 오랜만이다. 상비가 아니었다면 다시는 찾지 않았을지도 모른다. 커피와 주스를 받아 자리에 앉으며 이야기를 나누는데 왠지 모를 친숙한 느낌이 들었다. 친구를 만났을 때의 느낌과 비슷하다. 그 느낌이 좋아서 즐거운 시간을 가졌다.

그 후로 우리는 열심히 공부했다. 함께하는 시간도 점차 길어졌다. 1시간 30분의 수업시간은 형식상의 숫자일 뿐, 2시간이 됐건 3시간이 됐건 상비가 만족할 때까지 공부했다. 공부하는 것이 그리 즐거울 수 없었다. 그래도 아쉬운 점은 있었다. 상비와 개인 수업을 하다 보니 상비와 비교할만한 대상이 없어서 상비가 어느 정도의 수준에 이르렀는지 알 수 있는 방법이 없었고, 함께 공부할 친구가 없어서 의욕이 꺾이는 듯한 모습도 보였다. 그래서 나는 상비에게 같이 공부할 친구가 있는지 물었다. 상비도 함께 공부할 수 있는 친구가 있으면 좋겠다고 했다.

"제 친구 중에 준수라고 있는데요, 걔가 같이할지는 모르겠어요."

나는 그 친구가 함께하길 바랐다. 함께 공부하면 더 좋은 결과를 이끌어낼 수 있을 것만 같았다. 하지만 그 친구는 얼굴조차 볼 수 없었다. 상비가 그 친구에게 함께 공부하자는 제안을 했지만 별다른 대답을 얻지 못했다고 했다. 결국, 그렇게 둘이서만 공부를 하게 되었다. 그러나 곧 기회는 찾아왔다.

드디어 상비가 국어 '100점'을 맞던 날, 그날은 상비의 생일이기도 했다. 우리는 함께 영화를 보고, 선물을 사고, 식사를 하며 즐거운 시간을 가졌다. 그로부터 몇 달 후, 나는 핸드폰으로 문자 한 통을 받았다. 이번에도 역시 상비 어머님이었다.

'수업에 대해 궁금해하는 분이 있어서 연락드렸어요. 선생님

연락처를 알려드려도 될까요?'

내 수업에 대해 궁금해하는 분이 있다고 했다. 내가 연락처를 알려드려도 좋다고 말씀드리자, 오래지 않아 휴대전화기의 벨 소리가 울려 퍼졌다. 상비 어머님이 말씀하시던 분이다. 그분은 아들을 두고 있다고 했다. 그 아들이 상비 친구라는 사실도 알 게 되었다. 어머님은 아들이 먼저 논술수업을 하고 싶다는 의견 을 냈다고 했다. 본인이 하고 싶다고 말할 정도의 열의라면 수업 을 함께하는 것이 좋을 것 같았다. 그래서 수업을 하자고 했지 만, 잠시 후에 또다시 연락을 받게 되었다.

"선생님, 우리 준수가 마음이 바뀌었나 봐요. 수업을 못 하겠 다고 하네요."

"아, 네. 그럼 어쩔 수 없긴 하지만, 왜 준수 마음이 바뀌었을 까요?"

"그건 저도 잘 모르겠어요."

전화를 끊고 나니, 준수라는 이름이 생소하지 않았다. 언젠가 들어본 이름 같았다. 나는 그제야 예전에 상비가 말했던 친구 가 준수였음을 기억해냈다. 나는 상비를 만나 준수에게 전화를 하라고 시켰다. 그리고 상비는 수업을 안 해도 좋으니 와서 밥 이나 한 끼 같이 먹자는 말을 전했다. 그 날 상비와 수업을 마 친 나는 드디어 준수를 만날 수 있었다.

준수는 말이 없었다. 훤칠한 키에 밝은 미소를 가졌지만, 말수는 그리 많지 않았다. 묻는 질문에만 간신히 대답하는 정도다. 내가 있어서인지 친구가 옆에 있는데도 행동은 조심스럽기만 하다. 나는 특유의 친화력을 발휘했다. 말도 많이 하고 장난도 치면서 준수의 성격을 알아가기 시작했다. 함께 삼겹살을 먹고 음료수를 먹을 때만 해도 준수가 도대체 왜 수업을 거부했는지 알 길이 없었다. 그런데 그 이유는 의외의 장소에서 의외의 상황에서 밝혀지고 말았다.

우리가 그냥 헤어지기 아쉬워 닭꼬치를 먹으러 갔을 때, 상비는 불현듯 화장실을 가겠다며 자리를 비웠다. 상비가 자리를 비우자 그렇게 말이 없던 준수가 내게 말을 걸었다.

"선생님, 상비랑 친하죠?"

"당연하지. 상비가 나를 얼마나 좋아하는데."

"혹시, 상비가 저에 대한 말을 하지는 않았어요?"

"상비가? 어떤 이야기?"

"아뇨, 그냥."

나는 모든 상황을 짐작할 수 있었다. 순수가 왜 수업을 그만두려 했는지 조금은 이해하게 되었다. 준수는 상비가 신경 쓰였던 것이다. 상비가 하고 있던 수업에 자신이 뒤늦게 끼어들어 괜한 입장에 처하게 됐다고 생각하는 것처럼 보였다. 아마도 자신이 수업에 방해된다기보다는, 선생님과 상비 사이에 뛰어들어 자신의 감정이 불편해지는 것을 스스로 피하려는 것 같았다. 그 만큼 예민한 성격이라는 것을 이해할 수 있었다. 감정의 기복도 심한 편인 것 같았다. 그렇지 않았다면 애초에 처음부터 이 수업을 하고 싶다는 이야기조차 어머님께 하지 않았을 테니까.

나는 상비가 돌아오자 준수와 함께 한 줄로 앉았다. 그리고 준수가 들을 수 있도록 큰 목소리로 상비에게 물었다.

"상비야, 준수가 우리 수업에 함께하면 어떨 것 같니?"

상비는 시원스럽게 대답했다.

"저야 당연히 좋지요. 도움도 될 거고."

나는 준수의 표정을 살폈다. 상비의 대답에 이런저런 생각을 하고 있을 너석에게 나는 또다시 큰 소리로 말했다.

"나도 준수가 있으면 좋겠어. 그동안 상비만 수업하느라 어려운 부분이 있었거든. 한 명보다는 두 명이 있을 때 나도 수업을 더 잘 준비할 수 있을 것 같아."

준수의 표정이 애매했다. 말이 없으니 무슨 생각을 하고 있는지도 모르겠다. 여하튼 나는 준수에게 부담을 주고 싶지는 않았다.

"수업을 반드시 하라는 이야기가 아니야. 너도 오늘 함께하면서 느낀 점이 있을 거고. 수업을 하고 싶다면 고민하지 말고 결

정해서 어머님께 말씀드려. 내가 미리 준비할 수 있도록 말이
야. 알았지?"

"네."

준수가 대답했다. 그리고 그날 저녁, 나는 준수 어머님의 전
화를 받았다. 준수가 수업하기로 결정했다는 소식이다. 그렇게
우리는 3명의 친구가 되어 수업을 할 수 있었다. 그동안 부족했
던 부분이 꽉 찬 느낌이다.

준수는 여느 남자아이들과 달랐다. 감정의 기복이 심하고 감
수성이 무척 예민했다. 여자 형제들의 영향을 받은 듯하다. 준
수가 처음으로 쓴 글을 봤더니 주제가 뚜렷하지 않았다. 각각의
문장마다 다른 내용이 있는 것은 물론이고, 이야기의 주제와 흐
름이 명확하지 않았다. 그것은 준수의 복잡한 감정이 드러난 것
으로 보였다. 나는 준수의 감정부터 다스려야 했다. 그 혼란스
러운 마음을 정리할 수 있도록 도와주어야만 했다. 때마침 옆
에 있던 상비가 나에게 질문을 던졌다.

"선생님, 글을 잘 쓰려면 어떻게 해야 해요?"

나는 망설이지 않았다. 그 질문에 대한 대답은 항상 준비되어
있었다.

"상대방을 배려할 줄 알아야 해. 대화를 할 때도, 글을 쓸 때
도 우리는 항상 말을 듣는 사람의 입장과 글을 보는 사람의 입

장을 생각해서 배려해주어야 해. 내가 말을 잘하는 것이 아니라 상대가 말을 잘 이해할 수 있도록 말해야 하고, 내가 글을 잘 쓰는 것이 아니라 독자가 글을 잘 이해할 수 있도록 글을 쓰는 것이 중요하지. 그것이 제일 우선이야."

상비는 머리를 끄덕였고, 준수는 생각에 잠긴 듯하다. 당연하다. 이 말을 이해하기가 쉽지만은 않을 터. 더구나 상비는 나와 함께 몇 년을 공부하며 늘 들어왔던 이야기지만 준수에게는 처음 듣는 이야기일 테니까 말이다. 나는 아이들이 더 잘 이해할 수 있도록 구체적으로 설명해야만 했다.

"그 후로는 어떤 글을 쓸 것인지 먼저 정해야 해. 내가 사람들에게 무슨 말을 하고 싶은지, 어떻게 말할 것인지를 정하는 거야."

자신이 무엇을 말하려는지도 모르면서 말하는 사람은 제정신이 아니라고 해도 과언이 아니다. 언어라는 것은 '소통'을 위한 것이니까 반드시 상대방에게 전하고자 하는 내용이 있어야 한다.

"그다음으로 중요한 것은 '개요'를 짜는 거야. 서론, 본론, 결론의 내용을 정하고 반드시 결말에서 내가 어떻게 마무리할 것인지를 계획해야 해."

이것은 상비와 준수 모두에게 중요한 내용이다. 말하는 것에 자신감을 보이지만 상대적으로 글을 잘 쓰지 못하던 상비에게도, 여러 감정과 생각으로 인해 혼란스러워하는 준수에게도 너무나 필요한 부분이다. 머릿속으로만 정리하며 글로 쓰려던 상비는 이 과정을 통해 글의 완성도를 높일 수 있을 것이고, 준수는 이 과정으로 인해 복잡한 감정과 생각들을 정리하는 훈련이 되어 글 쓰는 것뿐만 아니라 인생을 발전시키는 중요한 계기를 만들 수 있을 것이라고 믿었다.

아이들은 잘 이해했다. 시키는 대로 개요를 짜고 글을 썼다. 평소보다 글이 술술 써지는 것 같았다. 상비는 글을 쓰기 전에 고민하던 시간이 현저하게 줄어들었고, 준수는 혼란스러운 마음을 정리하는 것만으로도 성숙한 글이 완성되었다.

아이들에게는 작가로부터 수업을 받는 것이 특별하게 여겨지는 것 같았다. 내가 지금까지 쓴 소설들을 아이들이 읽어주고 평가해준다. 심지어 시간적 여유가 있을 땐 감상문까지 쓰기도 했다. 특히 내가 쓴 소설 중에 『계화전』은 우리나라 고전소설 '박씨전'을 리메이크한 작품이라서 박씨전을 이해하는 데 큰 도움이 되기도 했다. 우리는 서로의 글을 읽어주고 평가해주면서 모두가 동등한 입장으로 토론하고 글을 쓰는 재미를 느꼈다. 상비와 준수가 서로 다르게 생각하고 이야기하니까 더욱 재미났다. 같은 글을 보면서도 서로의 생각과 느낌이 많이 달랐다.

상비와 준수는 서로 다른 성격을 가지고 있다. 상비는 성취욕이 강하고 진취적인 성향을 가지고 있지만 섬세한 면에서는 약하다. 반대로 준수는 성취욕이 강하거나 진취적인 성향을 보이지는 않지만, 다양한 감정을 섬세하게 표현하는 것이 가능하다. 더 재미난 것은 각각의 성향이 굉장히 뚜렷하게 드러나고 있는 것인데, 아마도 이러한 성격으로 인해 두 아이는 세상에서 영향력을 크게 발휘하는 위인이 되지 않을까 싶다. 물론 서로 다른 모습으로, 서로 다른 분야에서 각각의 능력을 발휘하게 되겠지만 말이다. 여하튼 나는 만족한다. 세상에 큰 영향력을 끼치게 될 위인 2명을 친구로 둔 선생님이 될 테니까.

바보

부랴부랴 지하철역으로 향했다. 친구랑 약속이 있기 때문이다.

횡단보도에서 신호를 기다리는데 저 멀리에서 지하철이 다가오는 것이 보인다. 약속 시간에 늦은 것은 아니다. 그렇지만 괜한 조바심이 났다. 신호가 바뀌자 나는 좌우를 확인하며 빠르게 뛰기 시작했다. 개찰구에 교통카드를 찍고 계단을 성큼성큼 뛰어오른다. 지하철 브레이크 소리가 들리지 않는 것을 보니 이미 정차를 한 것이 분명하다. 더욱 속력을 내며 계단을 오르는데, 지하철에서 내린 사람들이 계단을 내려오기 시작한다. 사람들은 순식간에 계단을 가득 메웠다. 나는 그들을 피해 벽 쪽으로 몸을 붙였지만, 그곳에도 그들이 있었다. 나는 계단에 서서 오르지도 내려가지도 못한 채 중얼거렸다.

"죄송합니다. 죄송합니다. 지하철 좀 탈게요."

무엇이 죄송했던 것일까? 모르겠다. 일단 마음이 급하니 내가 잘못을 범하고 있다는 생각이 먼저 들었다. 그들은 모두 한 방향으로 이동한다. 마치 산골짜기에서나 볼 수 있는 물줄기가 지하철 계단을 타고 흘러내리는 것처럼 보인다. 하지만 나처럼 반대로 계단을 올라야 하는 사람이 있다. 흐르는 물줄기를 따라 거슬러 오르는 연어처럼 말이다.

지하철에는 내리는 사람만 있는 것이 아니라 타는 사람도 존재한다. 그러나 그들은 나를 발견하지 못했다. 그저 아래만 바라보고 계단을 내려온다. 간혹 계단을 내려오다가 장애물처럼 막고 있는 나를 발견한 몇몇 사람들이 인상을 찌푸린다. 아이러니하게도 그들만이 나의 존재를 확인시켜준다.

결국, 지하철은 떠나고 말았다. 그 후로도 잠시 동안 나는 멍하니 계단에 서 있었다. 계단을 가득 메운 사람들도 더 이상 보이지 않는다. 횡단보도에서 지하철을 발견한 순간부터 이 자리까지 뛰어온 길을 되돌려 보았다. 도대체 나는 무엇을 위해 그리도 서두른 것일까? 어차피 지하철도 놓쳤으면서 말이다.

계단 위에 발을 올려놓는다. 많고 많은 사람들이 계단을 내려갔을지언정 나는 다시 계단을 올라야만 한다. 지하철을 타기 위해 계단을 오른다.

문이 열리자 지하철을 탄다. 나는 평소와 같이 문 옆에 있는 작은 공간에 커다란 몸을 밀착시켰다. 주위를 둘러보니 기다란 의자에 드문드문 빈자리가 보인다. 지하철을 탈 때마다 빈자리를 둔 채로 서 있는 사람들을 종종 발견하는데 오늘은 나뿐인 것 같다.

지하철 문이 열리고 몇 명의 사람들이 내리자 더 많은 빈자리가 보인다. 사람으로 가려져 있던 자리에도 빈 공간이 생기면서 짙은 분홍색의 문구가 눈에 띈다.

'임산부 배려석'

임산부를 위한 좌석이다. 몇 년 전인가부터 눈에 띄기 시작한 이 좌석은 시간이 흐르면서 색상도 강렬해지고, 그 수도 점차 늘어가는 추세다.

여성이라면 남성보다 체력적으로 약하니 사회적으로 보호해야 하는 것이 맞다. 더구나 임산부라면 더욱 그렇다. 그 뱃속에는 또 하나의 생명이 자리 잡고 있으므로 사실상 임산부 한 명을 위한 캠페인이라기보다는 두 명을 위한 캠페인이라고 생각하면 얼마든지 동참하고 싶은 마음이다. 이 외에도 다양한 방법으로 배려하고 싶기도 하다. 내가 이러한 생각을 하고 있으니 다른 사람들도 그럴 것이라 믿었다. 하지만 나처럼 생각하는 사람은 그리 많지 않은 것 같다.

또다시 지하철 문이 열리자 사람들이 들어오다. 임산부 배려석에는 어김없이 누군가가 앉는다. 20대 초반으로 보이는 아가씨다. 내가 남자인 데다가 임신에 대한 경험이 없어서 그런지는 몰라도 외모만 봐서는 저 여성이 임산부인지 잘 모르겠다. 다만 상당히 젊어 보이는 여성이고, 입고 있는 옷 모양새가 거추장스러운 거로 봐서는 임산부가 아닐 것이라는 추측만 하게 된다. 그렇다고 내가 그녀에게 다가가 '당신은 임산부가 아닌 것 같으니 그 자리에 앉을 자격이 없습니다'라고 말을 할 수는 없다. 행여나 그런 말을 했다고 치자. 오히려 그 아가씨가 '이 좌석은 법에 의한 강제력이 없는 자리로, 나를 억지로 자리에서 일으켜 세울만한 권한이 당신에게 있는가?'라고 말하거나 '왜 당신은 나에게 수치심을 주는가?'라고 말을 한다면 나는 반박할 수가 없다. 지금 당장 다른 임산부 배려석을 보더라도 노인이 앉아있거나 아가씨들이 앉아 있는 경우가 대부분이다. 캠페인 초기에는 남자가 앉아 있는 경우도 자주 봐왔다.

처음에는 임산부를 위해 따로 자리를 지정할 만큼 우리 사회가 각박해졌다는 사실에 적잖이 놀랐다. 저러한 캠페인을 시행하는 것 자체가 임산부를 위해 배려하는 사람이 그만큼 없다는 것을 반증하기 때문이다. 눈앞에 당장 임산부가 배를 끌어안고 있는데도 자리 양보조차 하지 않는 이들이 한국에 존재한다는 의미다. 나는 머지않아 그 상황을 실제로 확인하게 되었다.

지하철이 중심가로 향할수록 지하철을 타고 내리는 사람들은 점차 늘어갔다. 그리고 내리는 사람에 비해 타는 사람이 많아지자 지하철은 이내 붐비기 시작한다. 그들 중에 임산부가 있었다. 누가 보더라도 임산부라는 사실을 알 수 있을 만큼 배가 불러 있었다. 그녀는 한 손으로 배를 감싸고, 다른 손으로는 지하철의 기둥을 붙들었다. 그리고 그 앞에는 아까 내가 지켜보던 아가씨가 그 자리에 앉아 있었다. 임산부 배려석에.

사람들은 상식적으로, 혹은 물리적으로 사람의 배가 저렇게 부풀어 있다면 그 안에는 그만큼의 무게가 더해지는 무언가가 있을 것이라는 생각을 하게 된다. 그것은 초등학교 교육과정만 거치더라도, 아니 유치원을 다니지 않더라도 자연히 알게 되는 당연한 진리다. 더구나 그것은 사람의 몸 밖에 있어서 내려놓거나 옮길 수 있는 무게가 아니다. 그 무게는 사람의 내부에 존재하는 것이고, 그것은 곧 또 하나의 생명이 이 땅에 존재하는 것을 의미한다.

하지만 이 또한 나 혼자만의 생각이었는지도 모른다. 어느 누구도 그녀의 모습에 신경을 쓰지 않았다. 근처에 있던 수많은 사람들이 제각각 자신의 스마트 폰을 보거나 고개를 숙인 채 눈을 감고 있다. 심지어 임산부 바로 앞, 임산부 배려석에 앉아 있던 그 아가씨는 그 앞에 누가 서 있는지 눈으로 확인한 후에도 자리를 양보할 기미가 보이지 않았다. 믿을 수 없었다. 임산부 배려석에 앉아 있는 저 아가씨를 도저히 이해할 수 없었다. '저 여자도 임산부일까?'라는 생각을 해보기는 했지만, 설령 임신을 했더라도 만삭의 여인보다 더 힘든 상황이라고는 여겨지지는 않았다.

시간이 흐른다. 시간이 흐를수록 초조함이 일어난다. 초조함은 곧 분노로 바뀐다. 나와의 거리는 조금 떨어져 있지만, 그 분노가 임산부 배려석에 앉아 있는 아가씨에게 전해지길 바랐다. 하지만 전해지지 않았다. 내가 다가가야지만 그 분노가 전해질 것 같았다. 그러나 나는 행동보다 말이 앞섰다.

"저기요, 거기는 임산부 배려석이잖아요. 자리 좀 양보해 주세요."

그렇게 말하면서 손가락으로 만삭의 여인을 가리켰다. 힘들어하는 저 여인을 가리켰다. 순간, 지하철에 있던 모든 시선이 내게로 향했다. 임산부 배려석에 앉아 있던 아가씨의 시선 또한 나에게로 향했다.

그리고 정적. 사람들의 시선이 나에게로 집중됐지만 어느 누구 하나 소리를 내지 않았다. 침묵이 길어질수록 난처해지는 쪽은 나였다. 얼굴도 달아올랐다. 사람들의 시선에서 그들의 생각이 느껴진다.

'왜 지하철에서 큰 소리를 내고 그래?'

'말투는 또 뭐야?'

'싸움 났나?'

'오지랖!'

나는 어찌할 바를 몰랐다. 좀 나아졌다고 생각한 공황장애가 다시 찾아드는 느낌이다. 그 와중에 임산부 배려석에 앉아있던 아가씨는 콧방귀를 뀌며 끝끝내 자리에서 일어나지 않았다. 내 말을 무시한 것이다. 나를 무시한 사람은 그녀만이 아니다. 주위에 있던 사람들도 각자 하던 일에 몰입했다. 자신의 스마트폰을 보거나 고개를 숙인 채 눈을 감았다.

마치 유령이 된 기분이다. 나 혼자만 다른 세상에 놓인 것 같다. 내 기분을 조금이나마 이해하려는 듯, 만삭의 여인이 나를 바라본다. 그 표정에서 그녀의 마음이 느껴진다. 나에 대한 고마운 마음과 미안한 마음, 그리고 결국 이 사회로부터 배려받지 못한 것에 대한 아쉬움도 조금.

내가 이상한 것일까? 내가 이상한 건지도 모르겠다. 동방예의지국이라 불리던 우리나라의 공공장소에서 다른 사람의 기분은 생각하지도 않고 큰 소리를 냈으니 말이다. 허나 다르게 생각하면, 우리나라가 동방예의지국이라 불릴 수 있었던 이유는 한국 사람들에게 '예의'가 두드러졌기 때문이라고 이해할 수 있다.

예의라는 것은 남을 배려하는 마음에서 시작한다. 스마트 폰을 확인하고, 음악을 듣고, 자리에 앉아 휴식을 취하는 시간을 침해당하는 것이 싫은 만큼, 누군가는 마땅히 배려받아야 함에도 불구하고 배려받지 못하는 것에 이 사회가 관심을 가지는 것이 '배려'다. 남을 배려할 줄 알아야 예의를 알고, 모두가 예의를 알아야 동방예의지국이라고 말할 수 있지 않을까?

무섭다. 이 사회가 너무나 무섭다. 한국은 어느새 이기적인 생각과 행동으로 가득한 나라가 되어 버린 것만 같다. 조금이라도 남의 일에 관여하면 그것을 '오지랖'으로 치부해버리는 것 같아 안타깝다. 남을 먼저 생각하는 행동이 '오지랖'으로 이해되는 것이 싫었다. 오지랖은 타인을 향한 관심과 배려에서 비롯된다. 그 관심과 배려가 지나치니까 오지랖이라는 말이 생겨난 것이다. 하지만 배려가 보이지 않는 이 세상에 오지랖이라는 말은 어울리지 않는다. 동방예의지국의 배려와 이 시대의 배려는 그 무게부터 다르기 때문이다.

오지랖이 그립다. 사람들의 시선 따위 아랑곳 하지 않는 배려. '나' 이전에 '남'을 먼저 보고 행동하는 그 오지랖이 너무나 그립다.

이런저런 생각에 빠진 나는 어느새 목적지에 다다른 것을 느낄 수 있었다. 조금 더 걸어가자 약속 장소가 나왔다. 커피숍이다. 내가 가장 좋아하는 아이스 아메리카노 한 잔을 주문한 후에 친구를 기다렸다. 오래지 않아 친구가 나타났다. 영업 시절에 만난 그 친구는 몇 년 만에 나를 만났는데도 늘 한결같은 걱정을 한다.

"너는 도대체 장가 안 가냐?"

"안 가는 것이 아니라 못 가는 거지."

"장가를 왜 못 가?"

"장가를 어떻게 가는데?"

"여자 만나서."

"응, 나는 여자가 없어."

"웃기시네."

내 성격을 잘 아는 녀석이 여자가 없다는 말에 콧방귀를 뀌는 건 당연한 것인지도 모르겠다. 평소에 사교성이 좋고 각종 문화 활동을 하던 내가 여자를 만나지 못한다는 말을 이해할 리 없는 것이다.

"여자 그만 고르고 눈이나 낮춰."

"내 눈 낮은 거 알면서."

"그렇긴 하지."

장가가지 못했다고 말을 하면 흔히들 눈부터 낮추라고 충고한다. 지금의 내 친구처럼. 나를 멀쩡한 놈으로 바라보는 사람이라면 늘 그 말부터 하게 되나 보다. 하지만 친구도 본능적으로 말을 내뱉은 것일 뿐, 여자를 보는 내 눈이 그다지 높지 않다는 것쯤은 알고 있다.

"네가 기다리는 여자는 어떤 여자일까?"

피식! 웃음이 나왔다. 가장 많이 듣는 질문 중에 하나다. 내가 바라는 이상형. 그 이상형은 매우 간단하면서도 결코 쉽지 않은 조건임에 틀림없다. 아까 지하철에서 다시금 깨닫기도 했고.

"배려가 있는 여성."

'나'보다 '남'을 먼저 생각하는 여자. 그러한 여자를 만나면 내 인생이 편할 것이라는 기대보다는 그런 여자만이 나를 조금이라도 이해할 수 있지 않을까 싶어서다. 물론 나 또한 그녀를 이해하기 위해 무던한 노력을 하겠지만 말이다. 무조건적으로 상대방을 이해하고 사랑에 빠지는 나이는 지났다. 적당한 선에서 사랑을 시작할 수 있고, 서로가 이해하고 배려하는 마음만 있다면 그 사랑은 얼마든지 키워갈 수 있다고 생각한다.

"네가 소개팅을 몇 번이나 했지?"

"한 달에 한두 명씩, 11년 동안 받았으니까 200명이 넘는 것 같네."

"소개팅을 200번 이상 했다고?"

"응."

"그중에 배려 있는 여성이 없었어?"

"있었으면 내가 잡으려 노력했겠지."

친구는 잠시 동안 머리를 쥐어뜯더니, 이내 가슴을 치며 말한다.

"그 말은 곧 네가 여자를 찬 거네?"

"아니, 차였어."

"네 마음에도 들지 않았을 텐데 어떻게 차여?"

"일단 시작은 해봐야 알 것 같아서 좋아하는 마음을 내비치기는 하는데 여자들이 거부하더라고."

"네가 처음 만나서 마음을 내비치는데 여자가 거부를 해?"

"응. 그래서 소개팅 때 적어도 2번 이상 만날 수 있는 여자를 찾는데 그런 여자가 없네. 몇 번을 만나봐야 마음도 키워나가는 거잖아?"

친구가 어이없다는 표정을 짓는다. 우리 대화는 항상 이렇다. 여자 이야기만 하면 더 이상의 진전이 없다. 딱 한 번 만나고 더 이상 연락이 안 된다는데 무슨 말을 더할까? 이 친구처럼 일찍 결혼에 성공한 사람들은 절대 이해하지 못한다. 사랑에만 눈이 멀어 결혼하던 그때를 지나 결혼 적령기에 접어든 한국 여성들이 어떤 생각을 하고 있는지, 그녀들은 왜 결혼을 하지 않고 여러 남자들을 만나고 있는지 말이다.

세월이 흐를수록 세상은 변해왔다. 과학이 발전하면서 우리에게 편리함을 제공했다. 그중에는 소통의 발전도 포함된다. 휴대전화기가 발달하여 대화의 기회가 늘어나고, 인터넷의 발달로 사람을 만나는 기회가 많아졌다. 그것은 곧 '인연'을 가벼이 여길 수 있는 상황으로 변질됐다. 옛날처럼 사람을 만날 기회가 적었던 때에는 누군가를 만나면 그 사람을 알아가기 위한 노력을 하는 것이 당연했다. 그 사람을 떠올리고 생각하며 인연을 소중히 여기는 것이다.

그러나 지금은 다르다. 조금이라도 마음에 들지 않으면 다른 사람을 만나면 된다. 그만큼 이성을 만날 기회가 많아졌으니까. 그로 인해 소개팅에서는 나를 보여줄 시간이 부족하다. 그래서 몇 번을 더 만나면서 나를 평가해줄 사람이 없다. 내가 바라는 것은 그 기회를 조금 더 달라는 것뿐인데, 나는 그 배려를 받지 못해 늘 이 모양이다.

친구는 오래전부터 나에게서 들었던 이야기를 다시금 떠올린다. 들을 때마다 이야기가 신기한가 보다. 자신은 이미 결혼을 했으니 관심도 없으면서 말이다. 내 속을 아는지 모르는지 친구가 말을 툭 던진다.

"네가 눈이 높네."

"그래."

40살이나 돼서 배려 있는 사람을 만나는 것이 욕심이라면 내 눈은 높은 것이 맞는지도 모르겠다. 아직까지 그런 여자가 결혼하지 않고 남아있을 리 없다는 생각도 든다. 하지만 어쩌랴. 내가 거절하는 입장이라면 모를까, 거절을 당하는 입장이니 친구도 더 이상 말을 하지 못하고 화제를 바꾼다.

"전에 전화로 잠깐 이야기했지만 동생하고는 어떻게 된 거야?"

나는 얼마 전에 전화로 이야기했던 내용을 떠올렸다. 그때는 전화상이라 자세한 이야기를 하지는 못했다. 이제는 서로 시간을 내어 만났으니 자세하게 설명해줄 필요가 있었다. 그래야 오해가 없을 테니까. 친구는 이야기를 듣는 동안 마치 내가 된 것마냥 화도 내고 안타까워하다가 이내 조심스럽게 이야기를 꺼낸다.

"동생은 용서했냐?"

"용서? 내가 그럴 자격이 있나?"

"그래도 동생이잖아. 잘 지내야 하지 않겠어?"

"뭐, 이제는 동생을 욕하거나 해코지를 할 생각은 없어. 다 지나간 일이니까. 다만 예전처럼 잘 지낼 수 없는 사이가 된 것은 분명하지. 이제는 돌이킬 수 없는 관계가 되었으니까 그냥 서로 각자 잘 지내면 되는 거 아니겠어?"

그렇다. 진심이다. 그냥 동생은 동생대로, 나는 나대로 잘 살았으면 좋겠다. 더 이상 서로 부딪히지 말고.

분위기가 무거워지니 친구는 재빨리 또 다른 화제를 꺼낸다.

"그래, 일은 어때? 광고마케팅 영업은 계속하는 거지?"

"아니."

"뭐? 회사를 나왔어? 지금은? 영업은 계속하는 거야?"

내가 영업을 하지 않는다니 친구가 놀란 눈치다. 놀란 것도 잠시, 친구는 반색하며 나를 반긴다.

"우리 회사 들어와라. 제발."

"안 돼."

"왜?"

"나보고 네 밑으로 들어가라고?"

"나보다 윗자리를 줄 수는 없잖아."

"사실은 그게 아니라, 내가 가르치는 애들이 있어서 못 가. 아직 가르칠 것이 많이 남았거든."

"뭐? 애들을 가르친다고? 네가 왜?"

"선생님이니까."

그동안 밀린 이야기가 산더미다. 내가 왜 영업을 그만두게 되었고, 어쩌다 선생님이 되었으며, 또 그 회사는 무슨 이유로 나와서 이런 생활을 하고 있는지 설명하는 것에만 너무 많은 시간이 필요했다. 그래도 다 설명했다. 다 설명했는데도 이해를 하지 못한다. 영업을 하던 당시에 내 모습을 떠올리는 것 같다.

"나는 너를 걱정해서 그러는 거야."

"나도 알아."

"그래서 생계는 유지하냐? 아무리 좋아하는 일이라지만 먹고 사는 문제 정도는 해결돼야 하잖아."

"내가 생활비로 쓰는 만큼만 딱 벌고 있어."

"네가? 영업으로 한 달에 몇 백씩 벌던 놈이?"

나는 한숨을 길게 내쉬었다. 내 인생에 대한 아쉬움 때문이 아니다. 이 친구를 설득하기 위해 기나긴 이야기가 필요할 것 같아서다. 나는 마음까지 가다듬은 후에야 말을 쏟아내기 시작했다.

"내가 돈이 필요하면 직장을 다녔겠지, 이러고 있겠냐? 너도 알다시피 영업경력으로 10년이 넘으면 뭘 하든지 굶어 죽지는 않아. 특히 나 정도 천부적 재능을 가진 영업사원은 더욱 그렇지. 지금 내가 이렇게 사는 이유는, 이제라도 정말 아무런 부담 없이 좋아하는 일만 하면서 살고 싶어서 그런 거야. 어차피 살아가는 데 필요한 돈은 어느 정도 모아났거든. 그 이상의 욕심도 없고. 영업하면서 세상에 온갖 더러운 일은 다 당하고 배신도 당해본 거 너도 알지? 심지어 얼마 전에는 밥 한 끼 사 먹으려고 카드빚까지 냈다는 거 이야기했잖아. 사람이 무서워서 집 안에서만 살기도 했고 말이야. 그런데 모든 것이 지나갔잖아. 새로운 고난이 올지언정 고난은 지나갔잖아. 물론 네 말대로 이 제야 살만하다고 여유가 있는 것은 아니지. 남에게 도움 줄 만큼의 여유는 더더욱 안 되고 말이야. 그래도 내가 좋아하는 일은 할 수 있어. 그게 글을 쓰는 일이고, 아이들을 가르치는 일이야. 내가 워낙 잘 나고 못 하는 것이 없어서 그마저도 잘하니까 아이들 잘 가르친다는 소문이 나버렸네? 네 말대로 학생들을 더 받아서 수업료라도 더 받으면 경제적으로 더 나아질 수는 있겠지만 나는 수업을 더 받을 생각도 없어. 이 이상 학생들을 받으면 내가 지칠 것 같거든. 그때부턴 학생들한테 소홀해질 거고, 공부가 일처럼 느껴져서 부담도 되겠지? 일이 되면 돈을 바라게 될 것이고. 그래서 지금의 상황을 유지하는 거야. 돈이 그렇게 필요했으면 애초에 직장을 다니는 쪽이 훨씬 나았을 테니까. 세상에는 참 훌륭한 사람이 많아. 특히 사회를 위해 헌신하는 그런 사람들 말이야. 그런데 나는 그들과 달라. 헌신만 하지는 않거든. 그들처럼 훌륭한 사람도 아니고 말이야. 나는 아직도 영업 마인드가 투철해서 아이들에게 영업을 하고 있는 거야. 일종의 투자랄까? 머지않아 내 아이들이 세상을 끌고 가는 주역이 될 거라고 믿어. 훗날에 그 아이들이 나를 기억해주겠지.

참으로 바보 같은 선생이 있었노라고. 그 바보가 내 인생에 한 조각으로 남았노라고. 나는 선생이야. 뚜렷하고 훌륭한 스펙 따위는 없지만, 세상에서 가장 교육을 잘하지. 훌륭한 인재들의 인생에 한 조각으로 남을 만큼 말이야. 언젠가 내가 눈을 감을 땐 참 행복했노라고 자신 있게 말할 수 있을 것 같아."

나는 길고 긴 이야기를 끝낸 후에 아이스 아메리카노를 벌컥벌컥 들이켰다. 얼음까지 입에 털어낸 후에 컵을 내려놓자 그제야 친구의 얼굴이 보인다. 표정을 보니 '뭐, 이런 놈이 다 있어?'라고 말하려는 것처럼 보인다. 그러나 친구는 말을 하지 못했다. 지쳐 보였다. 말을 쏟아낸 쪽은 나인데 지친 쪽은 친구인 것 같다. 친구는 머리를 쓸어 넘기더니 힘들게 입을 열었다.

"그래, 다 좋아. 그런데 그것은 평범하지 않잖아. 아니, 일반적이지 않잖아. 쉬운 길 놔두고 왜 어려운 길을 가려고 해?"

나는 씹고 있던 얼음을 삼키고 마음을 가라앉혔다. 이번에도 역시 대답이 길어질 것 같아서다. 속에 있던 냉기를 긴 한숨으로 내보내고 난 후, 나는 또다시 입을 열었다.

"지하철을 타려고 계단을 오를 때였어. 때마침 지하철이 정차해서 사람들이 쏟아져 나오는 거야. 내가 서 있던 곳에는 계단을 내려가려는 사람으로 가득했지. 나는 사람들에게 밀리지 않기 위해 겨우겨우 벽에 매달려서 자리를 지키는 것이 고작이었어. 계단을 올라갈 틈이 없더라고. 그렇다고 내가 그들이랑 같이 계단을 내려갈까? 아니야. 내 목적은 이 계단을 오르는 것이거든. 사람들이 내려간다고 나까지 내려갈 수는 없잖아. 그들과 목적이 다르니까. 나는 지하철에서 내리는 것이 아니라 타는 것이 목적이잖아. 결국, 나는 지하철을 탔고, 이렇게 약속 시간에 맞춰서 널 만나게 됐어. 내 목적을 이룬 거지."

친구는 턱을 괴고 나를 바라봤다. 질린 표정이다. 나를 한참 동안 멍하니 바라보던 친구가 힘겹게 입을 열었다.

"바보냐?"

"아마도."

나는 자리에서 벌떡 일어나며 말했다.

"밥 사줘."

친구가 의아한 표정을 짓는다. 영업 시절에 늘 얻어먹던 녀석이라 그런지 밥을 사라는 말이 어색하게 들렸나 보다.

"왜?"

"나는 바보잖아. 네가 나보다 똑똑하니까 밥 사."